KB267562

물과 선, 양버즘나무

# 물과 선, 양버즘나무

김시홍 소설

차례

강은 밀려나고 있었다. 높게 지어진 고가도로를
모자처럼 쓴 채 그 아래에서 흘렀다. 바람도 저
다리 위로 만들어진 도로를 타고 흐르는 걸까.

*

이 동네에서 가장 높은 곳은 내가 다니는 학교의
옥상이다. 하지만 옥상의 풍경은 늘 비밀로 남겨
져 있다. 계단 끝에 서면 굳게 잠긴 문이 보인다.
자물쇠를 사이에 둔 옥상의 안쪽과 바깥. 나는 그
바깥의 풍경을 늘 교실의 창문으로만 바라볼 수

있다. 어른들은 안전을 핑계로 옥상의 자물쇠를 절대 풀지 않았지만 말 그대로 그건 핑계일 뿐이다. 사실은 우리가 옥상에서 무슨 일을 벌일지 모른다고 의심하는 것이다.

나는 저 멀리 큰 다리가 있는 곳의 탁 트인 풍경이 좋았다. 상상은 늘 긴 다리에서 시작해 학교 옥상을 넘어 전혀 다른 차원의 세계로 옮겨갔다. 고개를 돌려 운전대에 앉은 할머니를 쳐다봤다. 할머니는 늘 내가 얼마나 이상한 생각을 하는지 알고 있는 사람 같다. 운전을 천천히 하지만 나에게 완전히 집중하고 있지는 않다. 나는 그런 게 좋았다. 우리 할머니는 정말 강하다.

학교 앞 경사 아래 큰 도로에서 차가 멈췄다. 조수석에서 학생이 갑자기 불쑥 튀어나와도 보통 뒤에 있는 차는 경적을 울리지 않았다. 모두 이 학교 아이들의 보호자일 테니까. 아무도 지키고 서 있지 않는 학교 정문을 지나면 언덕 위에 학교가 있다. 나는 길을 오르면서 오늘은 오늘의 기적이 있을 거라고 생각했다. 하루를 기대하는 나름의 기도다. 나에게 기도는 중요한 부분이다. 무언가 이루어지기를 스스로 마음속에 각인하는 것이다.

입학 첫날부터 혼자였다. 우리 동네처럼 작은 도시에서 옆 동네 고등학교에 가는 일은 드물었기 때문에 모두 각자 친한 친구가 있었다. 그 학교는 할머니가 일하러 가는 길에 있었고 나는 중학생 때도 딱히 친구가 없었기 때문에 동네를 옮기는 것에 동의했다. 고등학교에 입학하고 봄까지 혼자 점심을 먹었다. 그게 어색하지 않았다. 남은 시간에는 학교 건물 뒤편에 있는 느티나무를 보러 갔다. 나무 아래에 앉을 수 있는 작은 의자가 있다. 매일 그곳에 있는 이유는 아무도 찾지 않는 장소이기 때문이다. 혼자 있는 시간이 좋았다.

그런데 어느 날 그 자리에 성원이 찾아왔다. 성원은 항상 많은 사람들 사이에 있었다. 그런 사람이 내 자리에 앉아 있다는 사실이 나를 묘하게 들뜨게 했다. 혹시 예전부터 나와 친해지고 싶었던 건 아닐까? 여기에서 뭘 하느냐고 묻자 그의 표정에 당황스러움이 서렸다. 나를 기다린 게 아니었나 보다.

"혼자 있고 싶어서 나왔는데 생각보다 볕이 뜨거워서… 유진이 너는?"

나는 성원이 내 명찰이 아닌 얼굴을 보고 이름

을 부른 것에 놀랐다.

"아… 나는 매일 와. 여기 좋아서."

"그러게, 나도 점심마다 와도 돼?"

"어? 어…."

혼자 있고 싶었던 건 우리가 진짜 바라는 게 아니었다는 것을 그때 알았다.


우리는 처음 만난 날부터 매일 같이 점심을 먹고 나무를 보러 나갔다. 일 년이 지난 지금도 성원은 나의 유일한 친구다. 왜 백 명도 넘는 사람 중에 나를 선택한 걸까? 물어본 적은 없다. 그 말에 갇히게 될까 봐 걱정됐다. 나는 자리에 앉아서 창밖을 향해 턱을 괴었다. 아무도 뛰어놀지 않는 운동장을 보고 있다.

선생님이 하는 말들이 우리 마음을 비집고 들어오지는 못한다. 훌륭한 조언도 있을 테지만 지금은 수업 내용을 주문처럼 외우는 기계처럼 보인다. 물론 그들은 이런 가벼운 비관과는 무관한 일상을 보내고 있을 것이다. 모두가 앉은 곳에서 홀로 일어나 목소리를 내는 일은 우아하다. 우리에게 뭔가를 가르치려는 목적은 다 같겠지만 그

경험에 따라 가진 기술과 표현이 다르다.

　책상에 엎드려 조금 자고 일어났다. 고개를 들었더니 앞에는 성원이 서 있었다. 나는 꾀죄죄한 얼굴로 성원을 바라보았다. 아침에 한껏 고데기를 하고 미백크림을 바른 성원의 얼굴에서 빛이 났다. 학교 오는데 왜 이렇게 예쁘게 하고 왔느냐고 물어도 성원은 큰 반응을 보이지 않았다. "반응할 필요도 없을 만큼 당연하다, 이거지?" 성원은 내게 민망한 표정을 지어 보이며 "네가 더 예쁘잖아." 따위의 말들을 늘어놓았다. 어쩌면 그런 말을 듣고 싶었는지도 모른다.

＊

　방학식을 했다. 바로 다음 주부터 보충수업이 시작되기는 하지만 오늘은 빨리 집에 갈 수 있었다. 우리는 성원의 집에서 팥빙수를 먹을 생각이었다. 매번 누군가를 집에 초대하면 감수할 것들이 있을 텐데, 성원이 불편을 감수할 정도로 그것을 원하는지 궁금했다. 성원의 집에서 주문한다고 빙수가 특별히 더 빨리 오는 것도 아니었다.

시즌 메뉴를 먹으려면 오래 기다려야 했다.

배달을 선택한 이유는 매장이 너무 조용하기 때문이었다. 여유를 즐기러 온 사람들을 보고 있자면 교실에 앉아 턱을 괴고 있는 것처럼 갑갑한 기분이 들었다. 우리는 그들에 비해 너무 치열했다. 언젠가는 여유를 돌려받을 수 있겠지. 길의 모퉁이에 멈춰서서 하늘을 바라볼 수 있는 사람이 되기도 하겠지. 그런 생각을 하며 학교를 빠져나왔다.

우리는 길을 걸을 때 이야기를 나누지 않는다. 각자 자기 생각 속으로 깊이 빠져든다. 학교에서 나온 뒤 성원과 함께 걸으며 평소처럼 이런저런 생각을 하고 있었다. 학교가 보이지 않을 만큼 벗어나니 매미 소리가 주변을 가득 채웠다. 성원을 힐끗 쳐다보았다. 생각 속에 빠진 모습이 마치 호수의 잔잔한 수면 같았다. 나는 그 호수에 먼저 작은 잎을 던져 침묵을 깼다.

"무슨 생각 해?"

"수능 빨리 보는 상상했어."

"사백사십일이나 남았는데?"

성원은 어떻게 그렇게 정확히 아느냐고 물었

고, 나는 성원의 메신저 계정 배경 화면 속 디데이를 봤다고 했다. 성원은 고개를 끄덕였다. 고등학교 2학년 여름이면 거의 수험생이나 마찬가지다. 성원과 나에게 똑같이 해당하는 이야기였다. 나도 고개를 끄덕였다.

우리는 다시 입을 닫았다. 무슨 생각이 그렇게 많냐고 딴죽을 거는 사람이 없어서 편안했다. 생각이 많다는 데에 쓸데없다는 수식이 붙으면 정말 힘들었다. 쓸데없는 생각. 그게 여유라면 여유일까. 일찍 마친 날이라 그런지 도로에는 차가 많지 않았다. 그 생각이 끝나기 무섭게 승용차 한 대가 빠른 속도로 우리 옆을 지나갔다. 우리의 반바지가 바람에 스쳤다. 그 순간의 긴장이 다시 떠올랐다.

"삼천만 원짜리 선풍기였어."

성원이 내 식의 말투로 말했다. 나를 너무 잘 알아서 하는 말이었다.


성원의 아파트 단지에 들어서니 놀이터가 보였다. 그물 그네와 콩콩 뛸 수 있는 트램펄린은 오늘도 텅 비어 있었다. 아이들이 자리를 비워준 시간에 우리는 저기서 자주 얘기를 나눴다. 한 명만 앉을 수 있게 설계된 그물 그네에 엉덩이를 반반씩 붙이고 나눠 앉았다. 학교에서 보는 것보다 하늘이 조금 더 높았다. 우리는 매번 같은 놀이를 했다. 집으로 들어가기 전에 각자 하고 싶은 것에 대해 한 가지씩 말하는 것이었다. 전에 말하지 않은 새로운 것을 말하는 게 조건이었다.

우리는 서로가 원하는 것이 같다는 것을 올해가 되어서야 알았다. 그만큼 꺼내기 어려웠기에 직접 얘기할 때까지 물어보지 못했다. 처음에는 말해도 될 것 같은 것들을 말했다. 어떤 대학에 가고 싶다든가 어떤 어른이 되고 싶은지 같은 것들이었다. 항상 비슷한 것 같으면서도 계절과 호기심에 따라 자주 바뀌었다. 하지만 결국 우리가 원하는 건 지금과 같은 순간이었다. 쓸데없는 이야기를 마음껏 할 수 있는 사람들과 되도록 오랜 시간 같이 있는 것이었다.

성원은 아주 어릴 때부터 부모님이 맞벌이를 하셨다고 했다. 초등학생 때는 나이 차가 많이 나는 오빠가 둘이나 있어서 같이 시간을 보냈는데 열 살이 되자 큰오빠가 서울로 대학을 가버렸다.

그리고 중학교에 올라가니 작은오빠가 돈을 벌겠다며 이름도 생소한 타지로 갔다. 그쯤에는 이제 다 컸으니 혼자 있을 줄도 알아야 한다는 말을 들었다. 성원은 주변의 누군가가 스무 살이 되는 순간마다 외로워졌다. 그래서 자신이 스무 살이 되는 순간에는 얼마나 외로워질지 늘 걱정했다. 성원의 부모님은 집에 오자마자 잠에 들었다. 성원은 그 모습을 보고 싶지 않아서 늘 그보다 빠르게 잠들었다. 저녁만 되면 연락할 사람이 사라져 서운하다가도 성원의 마음을 헤아리면 금세 투정을 그만두게 됐다.

엘리베이터는 우리를 가볍게 끌어 올렸다. 복도식 아파트를 성큼성큼 걸어 성원의 집으로 들어갔다. 성원은 학교에서와는 다른 표정을 만들었다. 껍질을 벗겨낸 표정이 순수해 보였다. 성원의 집은 아파트 전체에서는 중간쯤의 층이지만 지대가 높아서 창밖을 내다보면 동네 경관이 잘 보였다. 성원은 집에 들어오자마자 창문을 다 열어젖히고 냉장고에서 꺼낸 물을 컵에 따라 벌컥벌컥 마셨다. 나에게도 한 잔 권해서 따라 마셨다.

성원의 집 안은 어딘지 모르게 독특했다. 세트장처럼 특별한 물건도 없고 냉장고도 너무나 깔끔했다. 협탁 위에 놓인 가족사진 속에는 활짝 웃는 모습의 성원이 있었다. 어른처럼 보이는 오빠들과 부모님 사이 한가운데 선 모습이 행복해 보였다. 성원의 집에 올 때마다 그 사진을 봤다. 할머니랑 둘이 사진을 찍으면 나도 저렇게 활짝 웃는 표정을 지을 수 있을까? 하지만 나는 그런 분위기에 잘 어울리지도 않고 할머니한테 사진을 찍자고 하면 어떤 반응일지 상상도 안 됐다.

출발하면서 빙수를 주문했는데 아직도 배송이 오지 않았다. 바깥의 열기를 가지고 온 탓에 아직 더위가 집 안을 가득 채웠다. 성원의 집에서 에어컨을 켜기는 쉽지 않았다. 대신 무풍 에어컨을 켰고 우리는 교복 아래 받쳐입었던 면티를 펄럭였다. 땀으로 잔뜩 젖은 등이 식고 있었다.

"뭐할까?"

성원은 답하지 않았다. 티브이를 켜고 휴대폰 영상을 연결했다.

우리는 영상을 따라 춤을 췄다. 거실은 완전히 다른 공간이 되었다. 티브이는 영상을 보여주면서도 잠깐씩 어두운 화면이 될 때마다 우리를 비췄다. 나는 성원의 얼굴을 바라봤다. 격하게 파동치는 호수와 같았고 앙다문 입에는 두려움이 없었다. 무슨 일이든 쉽게 포기하지 않을 것 같은 표정에는 단단함이 있었다.

우리는 지난 두 달 동안 종종 이런 식으로 춤을 췄다. 나름대로 진지했다. 아이돌을 우상 삼지만 말고 차라리 아이돌이 되라던 선생님 말씀이 맞는 것 같기도 하다. 하지만 그게 그렇게 쉬운 일이었다면 본인도 교육부 차관 정도는 하지 그랬냐고 묻고 싶다.

물론 선생님은 아무런 잘못이 없다. 그런데도 나는 이렇게 속으로 갑자기 화를 내게 된다. 이런 내 모습을 성원도 할머니도 몰랐으면 좋겠다. 성원처럼 한없이 밝고 산뜻한 사람으로 보이면 좋겠다. 사람들 사이에 있으면 좋겠다. 가능하다면 그 중심에 있고 싶다. 하지만 특별한 노력을 하는 건 아니다. 사백사십일이 지나도 나는 변하지 못할 것 같다. 어떤 곳에서 중심이 되고 싶은지 사실 잘 모르겠다. 결국은 이 아파트만 한 곳에 갈

히게 되지 않을까. 그건 모두의 꿈이니까.

성원이 그토록 벗어나고자 하는 곳에 내가 도착하게 된다면 그게 진짜 중심에 있는 것인지 모르겠다. 나는 성원을 좋아하는데도 언제나 성원으로부터 도망치고 싶다. 함께 있을 때 견디지 못할 만큼 고통스러운 감정이 찾아오는데 그게 무엇인지 도저히 알 수 없었다. 제대로 설명하지 못해서 상처를 주느니 차라리 아무 말도 하지 않는 것이 나을 것 같다. 평생 이런 성격으로 살아갈 수 있을까. 누구보다 내가 제일 답답하다.


영상을 끊는 전화벨 소리가 울렸다.

"어, 사십 분 안 지났는데. 벌써?"

내 말에 성원은 나를 보지도 않고 휴대폰을 집어 들며 답했다.

"태승이야."

그 애는 나를 모르겠지만 나는 알고 있었다. 키가 커서 눈에 잘 띄고 다들 좋아하는 애였다. 성원도 그런 점을 조금은 의식하는 것 같다. 블루투스를 해제하지도 않고 전화를 받았는데 목소리 톤이 약간 달라졌다.

"응? 뭐야?"

"빙수 시켰어?"

나는 태승이 성원의 집 주소를 알고 있다는 것을 눈치챘다.

"응. 네가 와?"

"거의 다 왔어."

성원은 약간 긴장을 한 듯 남은 말을 했다.

"아, 놀랐잖아. 조심해서 와."

스피커 속에서 태승의 웃는 소리가 들렸다. 그리고 곧 통화가 끝났다. 다정한 사이 같으면서도 먼 느낌이었다. 성원은 내 눈빛을 읽고 사전에 질문을 차단했다.

"그냥 친구야."

"진짜?"

"진짜."

성원의 얼굴을 바라보니 여전히 빛이 났다. 다른 사람은 따라 할 수 없는 생기가 그 얼굴에서 퍼져 나왔다. 나는 갑자기 배가 아팠다. 화장실을 좀 써도 되냐고 물으니 뭘 그런 걸 묻냐는 표정이 돌아왔다.

태승에게는 미묘한 기운이 있었다. 단순하고

좋은 기운이 아니었다. 어딘가 망가져 있는 것 같고 그래서 더 끌리는 기운이었다. 성원과는 어떤 사이일까? 둘의 관계는 전혀 예상되지 않았다. 성원은 태승에 대해 한 번도 말한 적이 없다. 나를 안심시키려고 그랬다면 더욱 실망스러웠다. 노골적으로 확인할 수 없는 것이 아쉬웠다. 볼 일을 다 보고 밖으로 나가려는데 약간 민망했다. 그래서 잠시 기다리다가 천천히 손을 씻고 나가야겠다고 생각했다.

아직 화장실에서 벗어나지 못했을 때 초인종이 울렸다. 그 소리를 기다렸다는 듯 성원이 현관으로 달려가는 소리가 들렸다.

"일 층 현관 어떻게 들어왔어?"

"다른 사람이 들어오길래."

"대박. 하필 네가 우리 집에 배달 왔네."

"그러니까."

태승은 마치 말을 준비한 것처럼 뱉었다. 목소리는 전화보다 더 낮고 자상했다. 화장실이 현관과 바로 붙어있지는 않았지만 둘의 대화가 다 들렸다. 문을 여는 것까지는 괜찮았지만 화장실에서 나가면 현관에 서 있는 그들이 나를 발견할 정도였다.

　성원과 태승은 팥빙수가 아니라 어떤 정서를 주고받는 것 같았다. 이 우연한 만남을 위해 성원은 여름 내내 팥빙수를 주문했던 걸까? 나는 두 가지 선택지를 두고 고민했다. 첫 번째는 내가 팥빙수부터 받을 테니 편히 대화하라며 배달 봉투를 가져오는 것이고 두 번째는 그들의 대화를 방해하지 않고 화장실 문에 귀를 대고 흥미롭게 듣는 것이다. 나는 후자를 선택했다. 화장실 문도 살짝 열었다. 태승은 내가 집에 있다는 걸 모르는 것 같았다.

　"연락을… 할 걸 그랬나?"

　성원은 태승을 오래 기다려서인지 내 존재를 잠시 잊은 것 같았다. 태승의 목소리도 꽤 진지했다.

　"아니야."

　모습은 보이지 않았지만 성원은 고개를 젓고 있을 것 같았다. 분명한 건 목소리가 떨리고 있다는 점이었다. 학교에서 보던 모습과는 전혀 달랐다. 아이 같았다.

　"그러면 주말에 다시 얘기할까? 만나서 확실하게."

이 말을 하는 태승의 표정이 궁금했다. 성원이 태승에게로 마음을 쏟는 것 같은 기분이 들자 서운함이 밀려왔다. 몰랐으면 좋았을 상황이었다. 태승도 내가 안에서 듣고 있을 거라는 생각은 전혀 하지 못할 것이다. 머릿속에서 궁금증이 나열되는 동안 침묵이 이어졌다. 나는 호기심을 참을 수 없어 문틈 사이로 잠깐 그들을 훔쳐봤다.

둘은 서로를 안고 있었다. 비바람도 태연하게 견딜 수 있을 듯 우람한 나무 두 그루 같았다. 나와는 전혀 다른 공간에 속해 있었다. 내 안에 머무르던 풍경들이 의식으로 쏟아져 나오는 것을 느꼈다. 바람이 흐르는 다리부터 아이들을 기다리는 아파트의 그네, 작은 별을 소망하는 기도까지 모든 것이 태풍처럼 내 속을 휩쓸고 지나갔다.

누구도 시간을 확인하지 않았다. 나는 그 사이 화장실에서 빠져나왔다. 이미 빙수는 다 녹아서 토핑과 섞이고도 남았을 것이다. 그러나 침묵을 멈추는 것은 그들만 할 수 있는 일처럼 느껴졌다.

그렇지만 나는 더 이상 참을 수 없었다.

"그러면… 이제 팥빙수 먹을 수 있나?"

태승은 당황하며 성원에게서 몸을 뗐다. 그가 움직이자 비닐로 된 봉지가 흔들리며 바스락 소리가 났다.

"어, 미안."

정말 미안한 건 아니었지만 그렇게 말했다. 현관으로 가서 봉지를 받아 들고 성원의 방으로 들어갔다. 태승은 민망한 듯 집 밖으로 나가버렸다. 성원은 혼자 현관에 남겨져 있다가 화장실로 들어갔다. 그 안에서 우는 소리가 들렸다.

"왜 울어?"

성원은 답하지 않았다.

"팥빙수 다 녹았던데…."

성원은 이번에도 답하지 않았다.

"그냥 컵에 부어서 음료수로 먹을까?"

성원은 화장실 벽에 기대 무릎을 감싼 채로 주저앉아 나를 올려다보았다.

나는 부엌에 있는 컵을 두 개 꺼내다가 싱크대 위에 그대로 올려놓았다. 거실 소파에 던져 둔 가방을 챙겨서 그대로 성원의 집에서 나왔다. 집을 나서는 나를 보고도 성원은 아무 말도 하지 않았다. 혼자 산책이라도 간다고 생각한 걸까. 성원과

태승 사이의 관계를 내가 몰랐다는 것에 기분이
상했다. 마치 성원을 빼앗긴 것만 같았다. 있어서
는 안 될 일이었다.

＊

　집에서 혼자 시간을 보내고 있다. 우리 집은
좁다. 작은 거실에 부엌이 연결되어 있고 할머니
방과 내 방이 나란히 있다. 우리 집에도 사진이
많다. 할머니가 찍어 준 내 사진들이다. 유치원
졸업식부터 고등학교 입학식까지 모두 순서대로
놓여 있다. 이 사진들은 나를 지탱한다. 같이 찍
은 사진은 없지만 할머니의 사진은 아마 대학교
와 결혼까지도 이어질 것이다.
　할머니는 냉장고에 신선한 채소와 밑반찬들을
채워 놓았다. 내가 좋아하는 과자는 거들떠보지
도 않는다. 무설탕 과자라고 이야기해도 말이다.
할머니가 사놓는 간식 중에 유기농 상점에서 가
져온 땅콩버터는 그래도 좀 맛이 있다. 오늘도 허
기지면 먹으라고 식빵과 함께 땅콩 크림을 협탁
에 놓고 출근했다. 할머니는 젊었을 때 빵 공장에

서 일하다가 이제는 사회복지관에서 자기보다 더 나이가 많은 노인들에게 한글 가르치는 일을 한다. 중학교를 졸업한 뒤로 학교에 다닌 적이 없지만 글을 읽을 줄 아는 것이 생각보다 큰 일이었다는 말을 종종 했었다.

나는 식빵의 흰 면이 없어질 때까지 크림을 퍽퍽 발라 입으로 가져다 넣었다. 보충수업에는 가지 않았다. 학교에서도 특별한 사유가 있으면 나오지 않아도 된다고 했지만 나에게는 특별한 사유가 없었다. 예체능을 전공하기 위해 실기 학원에 다니거나 몸이 아픈 경우만 특별한 사유에 해당했다. 나는 그렇지 않지만 주말에 생각해 보니 가지 않아도 될 것 같았다. 아마 이런 사람은 나뿐일 것이다.

성원과는 그날 이후로 거리를 두고 있다. 성원도 내가 자기를 피하고 있다는 것을 안다. 이제 나에게는 선택권이 없다. 이 동네에서 버틸 수 있는 유일한 이유가 사라졌기 때문이다. 나는 서울로 갈 것이다. 높은 곳에서라면 한눈에 다 볼 수 있을 만큼 작은 이 동네를 떠날 것이다. 성인이 되자마자 떠날 방법은 수능을 잘 보는 것뿐이다.

할머니를 남겨 놓고 가는 것은 조금 마음에 걸린다. 하지만 지금은 어쩔 수가 없다.

할머니는 먼저 질문을 하는 법이 없다. 방학이니 집에 있겠거니 단순하게 생각하는 것일지도 모른다. 오늘은 온종일 할머니를 기다렸다. 서울에 있는 대학에 붙은 것도 아닌데 서울로 떠나겠다는 말을 해도 될까? 그런 말을 냅다 꺼내놓고 싶지 않아서 괜히 할머니 옆을 서성거렸다.
"할머니, 드라이브 가능해?"
며칠 만에 한 말이었지만 할머니는 의심하지 않았다.
"그래."
할머니는 옷을 갈아입지 않았다. 대신 방에서 얼굴에 미백 선크림을 퍽퍽 올려놓는 나를 기다렸다.
"완성!"
"완료."
할머니는 가끔 내 말을 번복한다. 이유는 잘 모르겠다. 훈수라고 생각하지는 않는다. 그냥 마음이라고 생각한다. 그런 말보다 지금 내가 가지고 있는 진지한 질문들이 더 나쁘게 느껴졌다. 미래를 묻는다거나 직업을 고민한다거나 하는 이야기 말이다. 할머니가 이미 살아온 시간인데도 내가 너무 행복하면 서운할까 봐 걱정됐다.

하지만 현실에서는 그런 이야기가 잘 나오지 않는다. 그냥 아무 생각이 없는 것처럼 대답해 버린다. 집에서 멀리 떨어진 곳으로 가서 오늘 하루 보고 말 사람들에게는 아무렇지 않게 꺼낼 수 있는 이야기들을 할머니에게는 할 수 없다. 그런 것들이 내 안에 하나씩 쌓여 있다. 쉽게 뱉지 못한 말들은 내 속에서 꾹꾹 눌리다가 결국 납작해진다. 내 마음의 벽을 쌓은 사람은 나다. 나도 그 사실을 아주 잘 알고 있다.

"시내로."

차에 탄 할머니는 곧장 목적지를 정했다. 나는 그런 마음이 자랑스러워 닮고 싶었다. 할머니는 매일 놀러 가자는 말을 주문처럼 외는 사람이다. 나는 할머니의 손녀니까 대를 거쳐 그 역마살을 물려받았을 확률이 이십오 퍼센트 정도는 될지도 모른다. 모든 게 다 잘 안될 거라는 생각은 접은

지 오래다. 나에게도 아직 드러나지 않은 재능이
있을 테니까. 그걸 기다리는 거다.

"할머니는 사람이랑 말을 많이 해?"

"그럼."

"주로 어떤 얘기를 했어?"

"누구랑? 그걸 어떻게 기억하니."

"그냥, 기억에 남을 만한 거 아무거나."

"그러기에는 너무 많은 사람과 많은 대화를
나눴는걸."

"나는 그러지 못했어. 어려서 그런 게 아닌 것
같아."

"그래. 어려서가 아니야. 오히려 어려서 다행
이지. 변명할 수 있으니까."

할머니는 아주 오래전부터 말하고 싶었던 것
같았다.

"할머니, 이 애기하고 싶었구나."

"가끔… 걱정하지."

"…할머니 일은 어때?"

"늙으면 뭐든 힘들어."

"뭐가 힘든데?"

"사람들이 나를 보고 늙었다고 생각하고 행동

하는 게 귀찮아."

"그런 사람들이 있어?"

"너도 그럴걸?"

할머니 말에 어떤 반박도 하지 않았다. 내가 어떤 말을 하든지 그녀는 내 속마음을 알아차릴 것이기 때문이다. 할머니는 완전히 앞만 바라보면서 운전에 몰두하고 있었다. 창밖으로는 시야를 가리지 않는 건물의 행렬이 이어졌다. 외지인들은 이 도시의 장점이자 단점이 뻥 뚫린 풍경이라고 입을 모아 말했다. 하지만 아무리 생각해도 그 말은 거만하다. 이건 그냥 여기 사람들의 고유한 삶의 방식에 따라 지어진 건물이고 효율성을 고려해서 그렇게 한 것뿐일 텐데. 돈 몇 푼 들고 들어온 잠시 머물다 떠나는 외지인들이 토박이인 척 입 밖으로 말을 내뱉는 게 불편했다.

"할머니는 왜 이 동네에 눌러앉았어? 아, 그냥이라고는 대답하지 마. '그냥' 금지!"

"얘도 참, 답을 그렇게 막으면 어떡하니?"

"아니, 나는 할머니가 아주 재미있는 이유로 이 동네에 정착한 거면 좋겠어."

나는 어려운 것을 요구했지만 할머니는 여유

있는 표정으로 내 질문을 정면 돌파했다.

"마음대로 생각하렴."

"그런 답은 너무 무책임하잖아! 뭐라도 지어 내 봐. 나 진짜 듣고 싶어."

"이제 다 컸다고 별걸 다 주문하네."

할머니는 이 동네에서 누구랑 술을 마실까? 나에게는 한 번도 잔을 따라준 적이 없다. 나에게 많은 걸 요구하지는 않지만 언제나 정해진 선이 있었다. 그것만 넘어서지 않으면 나는 자유로웠다. 사실 운전하는 할머니는 나를 옆에 태우고도 다른 생각을 하는 것처럼 보인다. 노래도 틀지 않고, 대화도 하지 않고, 운전에 집중하는 것 같지도 않다. 평평한 도로를 달리는 동안 구름이 우리에게로 점점 더 다가왔다.

가던 길을 계속 가려면 다리를 건너야 했다. 나란히 선 두 개의 다리 중 할머니가 선호하는 건 큰 다리다. 마땅한 이유를 직접 들은 적은 없지만 작은 다리를 건널 때보다 더 자유로운 느낌을 주기 때문일 거라고 혼자 짐작하고 있다. 돌아올 때도 이 다리를 건너올 것이다. 나머지 다리 하나는 일방통행이라 돌아올 때는 쓸 수가 없다.

"시내 간다며? 여기는 학교 가는 쪽인데."

"다리 넘으면 다 학교 가니. 터미널 가려고."

할머니가 단호하게 말하는 걸 보고 혹시 뭔가 이유가 있나 기대하게 됐다.

"할머니, 터미널 추억 같은 거 있어?"

"전혀 없지."

"에? 왜?"

"터미널이 나보다 한참 어리니까."

"그래도 생겼을 때는 설레기도 하고… 그럴싸했을 거 아니야."

"애 낳고 이사 왔는데 그럴 틈이 어디 있어."

내가 할머니에 대해 직접 들은 얘기는 세 가지밖에 없다. 첫 번째는 일찍 결혼한 게 처음에는 생각보다 나쁘지 않았고 오히려 좋은 순간이 더 많았다는 것이다. 행복은 할아버지의 사고와 함께 사라졌고 그때 받았던 돈이 굉장히 불쾌했다는 것도 들었다. 두 번째로는 식당에서 일하거나 재봉틀을 다루는 일은 해본 적 없고 내내 빵 공장에서 일했다는 것이다. 상대적으로 늦게 시작해서 눈치가 보였지만 그래도 지나고 보니 좋은 사람이 더 많았다고 했다. 세 번째는 자신이 좋은 사람들에게 받은 것들을 다 돌려줄 수 있을 만큼 자상한 사람이 아니라는 것이다. 대신 지는 걸 싫어했다고 한다. 특히 엄마가 지는 게 그렇게 싫었다고 했다. 그런데 나에게는 한 번도 꼭 이기라거나 더 잘하라는 식의 말을 한 적이 없다. 오히려 나는 그런 부분에서 자유롭다고 말할 수 있다.

처음으로 할머니가 처음 엄마가 되던 순간을 떠올려봤다. 엄마에게도 나를 낳기 전 어리던 시절이 있었다는 게 현실적으로 느껴지지 않았다. 나도 그 시기가 머지않았다고 생각하면 막막한 기분이 든다. 나도 할머니처럼 살아갈 수 있을까. 지금의 나는 스스로를 감당하지 못하고 있다.

"아… 완전 어른 다 된 기분이잖아. 무서워."

"뭐가?"

"그런 경험을 할지 안 할지도 모르는 사람한테 쉽게 말하는 거 무섭다고."

"살다 보면 생각이 바뀌기도 해. 넌 아직 애잖아. 우리 땐 공부도 못하고 애 낳고 살았는데 뭘."

공부가 무슨 상관이냐고 묻고 싶었지만 그만두었다.

"할머니는 고등학생 되고 싶었어?"
"중학교도 가기 싫었어."

잠시 멈추고 싶어서 노래를 틀었다. 가사는 없었지만 흘러나오는 피아노 소리가 청량했다. 한동안 말없이 계속 노래를 들었다. 새로운 곡의 여덟 마디를 지날 무렵 눈물이 한 방울 떨어졌다. 우는 걸 들키고 싶지 않아서 오른손 손바닥으로 뺨을 빠르게 닦아냈다. 감정이 문장으로 만들어지기는커녕 발음도 되지 않았다.

할머니는 기다렸다는 듯 말했다.

"할머니도 알 수 없는 게 너무 많아."

무슨 말을 해야 하는지, 어떤 표정을 지어야 하는지 알 수 없었다. 나는 그냥 아무것도 아니었다.

"미안해."

대답하지 않는 나에게 할머니는 다시 위로를 건넸다. 그러나 나는 그 말이 위로가 아니라 사과이기를 바랐다. 사실 할머니를 생각하면 늘 받은 기억밖에 없지만 가끔은 할머니가 나에게 미안해했으면 좋겠다고 생각했다. 이기적이지만 지금의 나는 마음에 확신이 있다.

"나는 잘 태어났고, 멋진 사람이라고 생각하는데, 다른 사람은 나를 그렇게 생각하지 않으면 어쩌지…. 나는 지금처럼 평범하게 살면서 평생을 다 보내고 싶지는 않아."

할머니는 눈썹을 살짝 찌푸리며 들었다.

"나도 네가 행복하게 살면 좋겠다."

할머니가 운전하는 차는 이미 터미널을 지나쳤다. 우리는 도시를 돌고 있었다. 비가 더 세차게 내렸다. 먹구름이 땅을 뒤덮을 듯 낮게 드리워져 있었다.

"돌아가는 거야?"

"아니, 좀 더 보고 싶어."

소나기는 아니었는데 비가 그쳤다.


"다 왔어. 골든 리버 파크."

할머니의 발음이 너무 유연해서 나는 한 번 더 생각해야만 했다.

"아. 할머니, 좀."

'골든 리버 파크'가 아니라 '금강 리버 파크'였다. 할머니가 왜 그렇게 읽었는지 모르겠지만,

'난 여기가 정말 시골 관광지 같은 느낌이 나는데.'라는 말을 꺼냈다가는 할머니의 눈빛 레이저를 맞을 것 같았다.

거창한 이름과는 다르게 화려한 꽃이나 나무는 거의 없는 공원이었다. 공원 안쪽에서 보면 사방에 강만 있는 것처럼 느껴졌다. 공원으로 들어오는 차와 나가는 차들은 꼭 다리를 건너야 했다.

나는 걸으면서 물었다.

"할머니는 이 공원의 어떤 면이 좋아?"

정말 궁금했다.

"다리 사이에 놓인 느낌."

"그게 뭐야?"

"정해져 있지 않고, 어디로든 흘러갈 수 있는 기분이지."

할머니는 옅은 미소를 지었다.

"그건 좋아? 불편해?"

"처음에는 불안했지. 그런데 나중에는 이게 더 좋아."

할머니는 나를 보지 않았다. 그리고 주차장 위 도보 쪽으로 걷기 시작했다. 나는 할머니를 따라 걸었다. 그리고 멀리 펼쳐진 강을 봤다. 여름이라

비가 많이 왔는데도 강이라고 하기에는 너무 잔
잔했다. 호수 같기도 했다. 그 고요함이 오히려
내 안의 진동을 일으키는 듯했다. 할머니도 강을
바라보며 잠시 멈춰 섰다. 나는 그게 나에게 여유
를 주기 위한 거라고 생각했다. 잔잔한 바람이 옷
에 스쳤는데 할머니가 뒤를 돌아 나를 확인했다.
그리고 다시 강을 봤다. 다음에는 날씨가 좋은 날
할머니와 윤슬을 보러 오고 싶었다.

"할머니 여기 자주 걸어?"

나는 할머니가 나와 같이 있지 않는 시간에 무
엇을 하는지 궁금했던 적이 없는 것 같다.

"응."

"왜?"

"생각하는 거지. 머리가 가벼워지면 좋아."

사실 이해가 잘 안 됐다. 할머니의 입술이 달
싹거리는 것을 보니 아직 더 할 말이 남은 것 같
아서 계속 그쪽을 보고 있었다.

"동네 회관 앞에 있는 큰 나무… 그게 좋았나?
애 데리고 혼자 살려니까 그게 나를 좀 지켜주면
좋겠데. 그때 사람들 말 들어보니까 뭐, 수호수라
고…."

"할머니가 그런 미신을 믿었다고?"

차 안에 있는 사람들이 우리 대화를 들을 것 같아서 할머니 옆으로 붙었다. 강한 할머니가 그런 걸 생각했었다고 하니까 걸음을 멈추고 싶어졌다. 할머니는 아까부터 자꾸 다른 생각을 하는 것 같았다. 그게 무엇인지는 도저히 알 수 없었다. 엄마를, 그러니까 나를 버리고 도망간 자신의 하나뿐인 딸을 생각하고 있는 것인지도 몰랐다. 할머니는 엄마가 보고 싶을까? 아니면 나를 성실하게 사랑하기 위해 그런 마음을 아예 다 버렸을까? 할머니는 내게 엄마에 대한 어떠한 말도 하지 않는다. 지난 애기를 좋아하지 않는 것 같다. 그렇다고 열어보지도 말라는 건 너무하다고 생각하면서도 어느새 할머니의 방식이 맞을 거라고 믿게 되었다.


나도 회관 앞에 있는 나무를 본 적이 있다. 할머니 등에 업혀 본 나무는 하나의 지붕 같았다. 믿을라치면 그게 정말 신이라고 믿을 수도 있을 것 같다. 어릴 때는 가끔 그 회관에 맡겨지기도 했다. 번화한 상가나 학교가 몰린 곳과는 동떨어진 곳이라 초등학교를 졸업하고 신도시로 이사하면서는 한 번도 안 갔다. 지금 그 나무를 봐도 그렇게 크게 느껴지려나, 공원에 심긴 나무들은 죄다 넓고 길쭉한 이파리만이 무성했다.

"여기는 다 그냥 가로수인가 봐. 우리를 수호해 줄 것 같지는 않네."

"이건 플라타너스. 추위에 강해."

할머니는 나를 보지 않고 긴 가로수만 살피며 말했다. 나는 이파리 껍질을 만졌다. 벗겨진 껍질 사이로 형성된 얼룩덜룩한 무늬가 매끈하고 예뻐 보였다. 손끝에 닿았을 때는 생각보다 차갑지 않았다. 나는 그 온도에 마음이 편해졌다. 생각보다 까끌까끌한 느낌은 신기했다. 잎이 어디로 숨을 쉬고 있을지 몰라 금방 손을 뗐다. 매끈한 느티나무와는 다른 느낌을 줬다. 할머니는 하나도 궁금하지 않은 척하며 나의 답을 기다리고 있었다.

"나도 추위에 강한데. 그치만 지금은 여름이잖아."

날이 정말 더웠다. 할머니 표정은 좀처럼 읽을 수가 없었다. 공원에 오는 동안 내 이야기를 한 것이 할머니를 기쁘게 했을까, 슬프게 했을까? 나와 할머니가 같이 나온 사진을 찍고 싶다고 하면 할머니는 좋아할까, 싫어할까?

"할머니 나랑 사진 찍을래?"

"됐어, 뭔 사진이야."

"아니…. 맨날 할머니가 나 찍어 주잖아. 나도 할머니 좀 찍게. 우리 같이도 찍고."

할머니는 자기 몸보다 큰 나무 옆에 서서 내가 휴대폰으로 찰칵 소리를 내기를 기다렸다. 표정이 경직되어 있기는 하지만 기분이 나쁜 것 같지는 않았다.

"나랑도 찍어."

"참…. 갑자기 다른 사람이 된 것 같아."

서울로 가야겠다는 생각 때문일까. 내가 정말 변하기라도 한 것 같았다. 학교에는 여전히 친구가 없고 수능까지 내 성적을 올려놓을 자신도 없었다. 하지만 할머니가 그렇다면 정말 그런 것일 수도 있다.

내 옆으로 오토바이 한 대가 빠르게 지나갔다. 그렇지 않아도 너무 더웠는데 날쌘 바람이 불며 나의 몽롱한 정신을 깨웠다. 소리가 아주 날카로웠다. 방학식 날 성원과 함께 학교를 나오면서 만났던 자동차를 떠올렸다. 그때와 마찬가지로 내 옆을 스쳐 간 속도감에 스릴감을 느꼈다. 자연스럽게 그 오토바이를 주시했다. 정확히는 오토바이에 타고 있는 헬멧 쓴 사람의 등이었다. 기시감은 호기심으로 바뀌어 뚫어지게 쳐다봤다.

오토바이는 신호등 앞에서 멈췄다. 할머니가 가던 길의 끝에서 방향을 바꿨다. 오던 길로 다시 걸어가니 우리도 신호등에 가까워졌다. 할머니는 눈에 초점을 풀고 걷고 있었다. 나는 횡단보도 앞에 서자 오토바이에 탄 사람이 누구인지 알 수 있었다. 그쪽도 나를 알아볼까? 내 쪽으로 돌아보면 뭐라고 말해야 하지? 내가 신호등 앞에 설 때까지 오토바이는 자리를 떠나지 않고 있었다. 온갖 상황을 머릿속에서 재생하다가 나도 모르게 아는 척 인사를 했다.

"안녕."

실수였다.

따분한 여름이었다. 날씨만큼이나 몸이 축 처지고 일정이 늘어났다. 왜 재미있는 행사는 봄과 겨울에만 있을까? 가을은 단풍을 보는 재미가 그런대로 시간을 채워주는데 여름은 내내 버겁다.

"도시가스 점검 나왔습니다."

옆집 문을 두드리는 것을 보니 곧 내 차례가 올 것 같다. 차례가 다가오는 것이 은근히 마음을 졸이게 했다. 나는 집히는 대로 옷을 갈아입었다. 커튼을 걷어내고 창을 열었다. 속옷을 치우고 화장실을 점검했다. 그리고 정말 내 차례가 왔다.

나는 조심스럽게 문을 열었다. 땀을 엄청나게

흘리고 있는 중년의 여성 검침원이 밝은 목소리로 반겼다. 하지만 이내 불편한 기색을 내며 문을 좀 열어두어도 되겠냐고 물었다.

"그럼요."

검침원은 장비를 가지고 삼 분 정도 점검한 뒤 문을 나섰다.

지금 사는 원룸에서 산 지도 벌써 사 년이 됐다. 처음 서울에 올라왔을 때는 학교 기숙사에 자리가 났고 그다음 학기부터는 장학금을 받지 못해 방을 구해야 했다. 처음 자취하던 때는 시간이 어떻게 가는지도 몰랐다. 처음 하는 서울살이에 지쳐서 잠들기 일쑤였다.

하지만 다음 해부터는 달라졌다. 유진을 만났기 때문이다. 처음에는 바깥 데이트를 했는데 그에 질려 한두 번쯤 놀러 오던 유진이 나중에는 주말마다 찾아왔다. 그리고 그다음 해부터는 모든 짐을 가지고 들어왔다. 이학년 이학기를 앞두고 군대에 갈 때쯤이었다. 유진은 이 집에서 이 년을 채워 살았다. 내가 제대하고 돌아와 같은 학교에 복학하고 한 학기를 더 다닐 때까지도 함께 산 것이다. 그런데 여름이 되자 돌연 집을 나가버렸다.

나는 그 뒤로 일 년을 더 혼자 살았다.

집에서 가까운 곳에 그리 높지 않은 산이 있다. 조금만 걸으면 정상에 도착할 수 있는데 막상 정상에서 보는 풍경이 그리 넓지는 않았다. 오랜만에 혼자 그 길을 걸었다. 휴대폰에 비친 얼굴이 빨갛게 달아올라 터질 것처럼 보였다. 그것이 내가 살아있음을 말해주는 것 같아 나쁘지 않았다.

유진은 틈만 나면 그곳에 올랐다. 머리를 위쪽으로 묶은 채 앞장서던 유진이 떠올랐다. 유진은 계단을 앞에 두고 기고만장한 표정을 지으며 뜀박질했다. 준비 운동이라도 하자며 붙잡고 싶었지만 이미 성큼 올라가 있었다. 백 개의 계단을 넘을 때까지는 나도 빠르게 올랐다. 하지만 매번 뒤로 밀려났다. 유진은 지치지도 않고 산을 올랐다. 나는 늘 그만 내려가자고 말하고 싶었다. 이마에는 땀이 맺혔고 앞머리가 젖은 피부에 달라붙었다. 사소한 자극들이 한 걸음 한 걸음 나를 멈춰 세웠다. 하지만 유진은 누구와 대결이라도 하듯 멈추지 않았다.

서울의 건물들이 장난감처럼 작아진 중간 지점

정도에 도착했을 때 유진이 나를 돌아봤다. 내가 잘 따라오는지 확인한 뒤에는 저 멀리에 있는 한강을 바라봤다. 바람이 불었고 유진의 풍성한 머리카락은 하나로 묶여 찰랑거렸다. 산에 오를수록 서울은 아래로 밀려났다. 우리는 땅에서 조금 올라선 것일 뿐인데도 많은 걸 해낸 사람들 같았다. 정상을 향해 갈수록 하늘은 더욱 맑아졌다.

정상에 도착해서는 포장해 온 도시락을 꺼낼 때 유진이 말했다. "보통은 만들어 오는 게 낭만인데 우리는 그냥 깔끔하게 사 먹자." 그런 결단력이 좋았다. 해가 기울면 정상에는 사람들이 더 많아졌다. 아직 학교에도 가지 않았을 것 같은 어린 아이들도 많았다. 산에 오는 아이들을 보며 유진은 행복해하는 동시에 슬퍼했다. 무언가를 그리워하는 것 같았다. 유진은 아이들을, 나는 유진을 한동안 지켜보다가 내려오는 게 우리의 루틴이었다.

숲길을 따라 천천히 하산했다. 어두워지면 위험할 것 같아 마음을 졸였는데 유진은 전혀 그래 보이지 않았다. 모든 시간의 산을 좋아했다. 산에

서는 얼마나 왔는지 셈하기 전까지는 그 거리를
가늠할 수 없었고 계속해서 같은 길을 걷고 있는
듯한 착각도 들었다. 산에서 만나는 신비로운 풍
경은 늘 유진과 잘 어울렸다.

　언젠가 산을 오르다 약속이라도 한 듯 갑자기
같이 멈춰 선 적이 있다. 앞에는 나무가 있었다.
플라타너스였다. 유진은 석양빛이 비치는 나무를
만졌다. 거친 나무 몸통의 껍질을 손바닥으로 쓰
다듬었다. 벗겨진 껍질 사이로 손가락을 넣는 것
이 위험해 보였다. 하지만 말릴 수 없었다. 유진
은 그런 걸 너무나 싫어했다. 나는 거리를 두고
말을 아끼며 기다렸다. 그리고 다시 산 아래로 내
려갔다. 어두워진 산 아래에는 가로등이 켜져 있
었고 유진도 약간은 피곤해했다.


　집으로 돌아오니 집 안 공기가 후텁지근했다.
간단히 가방을 챙겨 집 앞 카페로 갔다. 구석 자
리에 앉아 있으니 컵에 얼음을 담는 소리가 계속
들렸다. 그렇게 아침 시간을 보내는 사람들을 구
경하는 것만으로 내가 사회에 잘 적응하고 있는
것처럼 느껴졌다. 군대에 가기 전에는 집에 있는

시간이 많지 않았는데 요즘 부쩍 혼자 지내는 시간이 늘었다.

학교로 걸어와서 호수 주변을 돌았다. 혼자 있을 때 나의 존재감을 느낄 수 있는 행위는 오로지 걷는 것이었다. 걷기에 집중하다 보니 어느새 호수의 반환점에 도착했다. 풍경을 감각할 여력이 없었다. 후문 근처에 있는 식당에 들어왔다. 이 집의 뚝배기 김치찌개는 은근히 비싸다. 맛을 느낄 수 있을 정도의 온도가 된 것을 확인하고 찌개를 떠먹기 시작했다. 밥값을 결제하고 바깥으로 나오니 해가 푹푹 찌는 것이 다시 느껴졌다. 땀이 귀 옆으로 흘렀다.

가는 곳마다 유진의 흔적이 없는 곳이 없었다. 건너편에 보이는 무인 아이스크림 가게를 보니 떠오르는 기억이 있다. 유진이 통역 아르바이트를 마치고 온 날 저녁이었고 비가 조금씩 내렸다. 내가 우산을 가지고 있었는데 유진은 그냥 비를 맞으며 건너편을 향해 달렸다. 조금 지쳐 보였지만 언제나 그렇듯 눈빛이 살아있었다. 내가 걱정스럽게 쳐다보니 오히려 아르바이트에서 재밌었던 이야기들을 늘어놓았다. 유리문을 밀고 들어가면 유진은 아이 같은 표정을 지으며 사람이 없는 공간을 누비고 다녔다. 아이스크림이 든 유리 케이스를 탁탁 건드리며 물건을 골랐다.

배경과 이야기가 계속 바뀌는 집 밖은 그나마 나았다. 문제는 한눈에 담기는 집이었다. 층층이 쌓인 기억은 유진이 집에 있는 것처럼 생각하게 했다. 다른 생각으로 덮어도 결국은 유진이 그려졌다. 집으로 돌아오니 아침에 닦은 세면대가 벌써 더러워 보였다. 최대한 찬물을 틀고 샤워했다. 수건으로 머리를 털며 선풍기 앞에 쪼그려 앉았다. 아직 날이 더웠다.

겨울에 유진과 함께 집에 있으면 장판 바닥에서 따뜻한 공간을 차지하려고 몸으로 서로의 엉덩이를 밀고는 했다. 사실 유진은 추위를 많이 타지 않았다. 그냥 유치한 놀이를 하면서 우리가 운명이라고 말하고 싶어 했다. 운명은 남이 들었을 때 별것도 아닌 거여야 한다는 말도 했었다. 나는 그 말에 응답하듯 말했다. 내가 너를 좋아하는 마음은 사소한 게 아니라고. 다른 누가 너를 봐도 좋아할 수밖에 없을 거라고. 하지만 그건 절반만 맞는 말이었다. 유진은 아름다웠지만 가여웠다.

요즘처럼 유진의 시간을 헤아려 보는 때는 그 마음이 더 깊게 느껴진다. 혼자 있는 시간은 익숙해지는 게 아니라 견디는 거구나. 내가 부재한 사이 유진이 이 집에서 혼자 견뎠을 시간을 생각했다.

✳

유진을 처음 만난 건 스물한 살이 아니었다. 서울도 아니었다. 고등학생 때 잠깐 살았던 작은 동네였다. 아버지는 아주 젊을 때부터 일자리를 자주 바꿔가면서 겨우 생활비를 벌었다. 그러다가 내가 중학교를 졸업하던 때 참다못해 폭발한 엄마에게 이혼을 당했다. 나눌 재산 따위도 없었으므로 아빠는 순순히 이혼에 협조했는데 이상하게 나를 키우는 건 자신이어야 한다고 했다. 당시에는 조금 당황스러울 뿐이었다. 엄마도 처음에는 나를 걱정했지만 아무래도 일을 많이 해야 하는 상황이었고 내가 아들이니 아빠랑 같이 사는 게 더 나을지도 모른다고 생각한 것 같다.

이혼이 마무리된 후 아빠는 친구들의 사업을 돕겠다며 정기적으로 집을 나갔다. 그런 식으로 꽤 오래 집에 들어오지 않는 식의 생활을 했다. 그런데 내가 열여덟 살이 되고 한 학기가 끝날 때쯤에는 대학에 잘 가려면 내신에 신경 써야 한다며 시골로 이사하자고 했다. 알고 보니 그 동네에도 아빠의 친구가 농사를 짓고 있었다. 나는 그러겠다고 했다. 원래 있던 학교에서도 친구가 없었기 때문이다. 특별히 어려움이 있는 건 아니었지만 조용하게 지내는 게 마음 편했다.

이사를 마치고 필요한 것들을 사러 다녀오는 길이었다. 컵에 담긴 아이스크림을 먹고 나니 바닥에 긁힌 자국이 내가 갈 길처럼 보였다. 시내라고 해봤자 서로 다 알고 지낼 것 같은 작은 동네였다. 혼자 멀뚱히 서 있으면 같은 학교에 다닐지도 모르는 또래와 마주칠 것처럼 느껴졌다. 누구냐고 물으면 둘러댈 만한 변명이 필요할 것 같았다. 거기에 온갖 신경이 쏠려 있어서였나 눈앞을 지나가는 오토바이에 시선이 꽂혔다. 키가 크고 늠름한 남자애가 뒷좌석에 여자애를 태우고 빠른 속도로 달렸다. 딱 봐도 내 또래 애들이었다.

방학은 곧 끝이 났다. 날씨는 아직 더웠지만 새로운 학기가 시작됐다. 그 동네 학교에 처음 가던 날, 나는 한눈에 알아볼 수 있었다. 오토바이 뒷좌석에 타고 있던 여자애가 유진이었다. 유진은 태승과 늘 같이 다녔다. 주변에서는 둘이 사귄다거나 유진이 친한 친구의 애인을 뺏었다는 이야기가 돌아다녔다. 하지만 내가 보기에는 그렇지 않았다. 둘은 그냥 서로를 의지하는 친구였고 유진은 외로워 보였다. 유진이 혼자 다녀서 신경 쓴 것은 아니다. 나도 혼자가 편하기 때문이다. 가끔은 누군가와 함께 있고 싶다는 생각도 했지만 금세 사라지는 마음이었다. 하지만 유진은 대부분 편해 보이지 않았다.

　우리는 같은 대학에 진학했고 총학생회에서 다시 만났다. 유진은 새내기 때부터 여러 학회의 선배들과 어울리며 인맥을 쌓다가 자연스럽게 총학생회에 들어왔다고 했다. 나는 다음 해에 들어갔다. 대학에 오자마자 코로나가 터져서 대부분 강의가 온라인으로 대체된 것에 불안을 느꼈다. 제때 졸업하고 사회로 나갈 수 있을지가 걱정이었다. 최대한 많은 사람을 만나서 좋은 조언을 듣고 싶었다. 나는 유진과 같은 고등학교를 졸업한 덕분에 자연스럽게 관심을 얻었다. 작은 동네에서 같이 서울에 온 것도 모자라 나란히 학교 총학생회를 한다는 것이 선배들의 흥미를 돋웠다. 나는 학생회 활동을 하면서도 아직 사람들의 얼굴을 보지 못한 시점이었고 선배들은 자꾸 유진에게 내가 어떤 사람인지를 물었다.

"조용하고, 공부 잘했던 것 같아요."

유진의 말을 듣고 부끄러워진 나는 부인하는 표정으로 화상 회의가 진행 중인 노트북 렌즈 앞에서 손을 휘저었다. 사실은 유진이 나를 기억하지 못할 거라고 생각했었다.


개인적으로 처음 연락했던 건 스무 살이 끝나던 겨울이었다. 동기들이 모두 고향으로 내려가는데 나는 그 동네로 가야 할지 알 수 없었다. 과연 그곳을 고향이라고 부를 수 있을까? 내가 방학 동안 만날 사람이 있을까? 아버지는 거기에 그대로 있을까? 모든 것에 답할 수 없었다.

대학에서 만난 유진은 고등학생일 때와는 다

르게 밝고 외향적이었다. 항상 만나는 사람이 많았고 틈틈이 생기는 소수 모임에도 꼭 참석했다. 유진은 아주 어릴 때부터 그 동네에 살았다고 했는데 그럼에도 찾아갈 시간이 없을 만큼 대학 생활이 흥미로워 보였다. 그래도 혹시 다녀올 생각이 있다면 나도 핑계 삼아 다녀올 수 있지 않을까 했다.

하지만 유진의 답장에 나는 설명할 수 없는 마음이 됐다.

나는 별로 가고 싶지가 않아.

정확히는 해명하고 싶은 마음이었다. 내가 정말 집으로 가고 싶지 않다면 유진과 같이 말하면 되는 것이었다. 그런데 나는 그러지 못했다. 그곳을 찾아갈 수 있는 유진에게 기대고 싶었다. 그걸 알게 돼버렸다.

왜?

혼자니까. 거기에 아무도 없어.

우리는 둘 다 그곳에 가지 않았다. 나는 유진을 불러내 술을 마시자고 했다. 유진은 서울에 온 이후로 누구랑 둘이 술 마시는 건 처음이라고 했다. 많은 술자리에 찾아갔는데 누구와도 그렇게 하지 못했다. 어른이 되고 처음 술을 마신다면 할머니랑 마시고 싶었다고 말했다. 그런 말을 하다가도 유진은 눈을 질끈 감았다가 떴다. 나는 고등학생 때 유진에게서 느낀 외로움의 정체가 무엇인지 짐작할 수 있었다. 유진의 할머니는 오래전에 돌아가셨다. 그런 말을 나에게 한다는 게 신기했다. 유진은 절대 자기 이야기를 하지 않을 것 같은 사람이었다. 잠시겠지만 나를 믿어줬다는 생각에 달아올랐다.

술자리는 밤늦게까지 이어졌다. 조금 취한 것을 느끼고 유진에게 그만 일어나자고 말했는데 유진은 고시원에서 자는 것보다 술집에서 밤을 새우는 게 더 낫다고 말했다. 나는 나와 조금 더 있고 싶은 거라고 믿고 싶었다. 그렇게 24시 해장국집으로 자리를 옮겼다. 해장국집의 형광등은 눈치 없이 밝았다. 유진의 눈이 충혈되어 있었다. 밥을 먹지는 않고 애꿎은 해장국만 숟가락으로 휘휘 저었다. 뚝배기 안의 국물이 규칙적으로 일렁였다. 나는 다시 잔을 드는 유진을 따라 급하게 같이 마셨다. 새벽 거리에는 사람이 없었다. 유진은 이미 취해있는 상태였고 어디로 가는지 몰랐기에 그냥 유진을 따라 걸었다.

얼마간 걷다가 도착한 곳은 몇 그루의 나무와 공중화장실이 있는 놀이터였다. 낮에 아이들이 놀다 갔을 샌드박스와 놀이기구들이 텅 빈 채 놓여 있었다. 중앙에는 그네가 두 개 있었다. 유진은 그네에 앉아서 체인으로 된 손잡이를 꼭 잡았다. 나는 유진을 바라보고 그네 앞에 몸을 낮춰 앉았다. 유진의 이마가 내 어깨에 닿았다. 유진의 눈이 조금씩 감겼다. 금방이라도 잠이 들 것 같아 나는 어쩔 줄 몰랐다.

유진은 취한 목소리로 엄마가 싫다고 말했고 나는 한참 기다렸다가 엄마가 보고 싶다고 했다. 엄마는 내가 모르는 사람과 다시 결혼해 어린 동생들을 키우고 있었다. 유진은 내가 불쌍하다고 했다. 나는 그게 오히려 좋았다.

"좋아해."

"언제부터?"

"좀 됐어."

그날부터 사귀게 됐다. 술김에 벌어진 일이라는 것만 아쉬웠다.

그 후로 나는 행복하다는 말을 쉽게 할 수 있었다. 사는 일이 어둡고 막막할수록 옆에 있는 유진이 더 뚜렷하게 보였다. 하루하루가 가득 찬 기분이었다. 유진을 보고 있으면 빛이 난다는 말도 과하게 느껴지지 않았다.

조금 선선한 날씨였다. 화단에 나무들이 서로 가지를 맞대고 있었다. 발걸음을 재촉해 강의실로 들어왔다. 시간이 어떻게 가는지 모르게 흘렀다. 수업이 끝난 후 다음 수업까지 공강이 길어 자취방에 다녀오려고 나가는 참이었다. 낯선 사람이 말을 걸었다.

"저, 혹시… 지난 학기에 피부학 수업 들으셨나요?"

"네?"

"제가 너무 급해서, 조별 과제 첫 순서 발표라 당장 오늘 자료 마감해야 해서요. 혹시 자료가 남아 있는 게 있으신지… 아, 저는 정아경입니다."

처음 보는 얼굴이라 잠시 의심했지만 곧이어

하는 소개에 경계를 풀었다. 노트북에 지난 학기 자료들이 남아 있었다. 파일을 보내주는 건 학교 생활에도 나쁘지 않을 것 같아 교내 카페에 잠시 가자고 말했다. 아직 졸업까지는 일 년도 넘게 더 다녀야 했다.

"혹시, 학교 밖에 카페는 어떠세요?"

아경이 물었다.


우리는 바깥으로 나왔다. 아경의 언어는 명료했다. 하고 싶은 말이 생기면 상대가 알아들을 때까지 정확히 할 것 같은 타입의 사람이었다. 하지만 갑자기 생긴 상황이 어색한지 카페로 가는 사이 열 마디도 채 나누지 않았다. 아경이 안내하는 카페는 생각보다 거리가 있었다. 시간은 여유가 있었지만 그사이에 호수 옆을 다시 지나게 된 것이 생경하게 느껴졌다.

"카페 가는 거 괜찮으신 거 맞죠?"

"네."

괜히 멀리 나온 것 같다고 말하는 얼굴을 보니 내가 답을 듬성듬성한 것 같다. 머릿속이 온통 유진으로 가득 차있었다. 하지만 학기는 시작되어

버렸고 나는 현실에 집중해야 했다. 이런 생각을 입 밖으로 내지 않고 아무렇지 않게 생활하는 게 어렵게 느껴졌다.

카페로 가기 위해 걷고 있는데 아경이 갑자기 멈춰 섰다. 가방을 뒤지며 약간 당황하더니 이야기했다.

"아, 저 강의실에 충전기 두고 온 것 같아요. 금방 다녀올게요! 죄송합니다."

"같이 갈까요?"

아경은 내 말을 듣기도 전에 달리고 있었다. 시간을 붙잡을 것 같은 속도였다. 나는 아경과 함께 왔던 길을 돌아가며 호수를 둘러보았다.

멀리서 큰 상자를 들고 비틀거리는 학생이 보였다. 사람이 들어갈 정도의 크기였고 학생회에서 맞춘 옷을 입고 있었다. 상자가 꽉 차 보이지는 않았는데 학생의 상기된 얼굴과 느린 속도로 봐서는 꽤 무거운 듯했다. 자연스럽게 걸어가 상자를 잡았다. 가벼워진 것을 느낀 학생은 당황했지만 내가 같은 학교 총학생회라고 하니 표정이 풀렸다. 학생회가 너무나 많아서 정확히 누구인지는 알 수는 없었다.

"학생회관 가세요?"

"앗, 네…."

"같이 가요. 이거 혹시 내용물이 뭐예요?"

"의자요. 산 건 아니고 허가받아서 도서관에서 가져왔어요."

그는 학생회 특유의 말투로 말했다.

"다른 분들은 어디로 가고 혼자 하세요?"

"게임에서 졌어요."

그 뒤로 별말을 나누지 않고 건물에 도착했고 학생이 음료수를 사겠다고 말했다. 나는 괜찮다고 사양하며 아경을 찾았다. 전화번호가 없다는 것을 깨달으며 당황하는 찰나에 학생회관 앞에서 두리번거리는 아경과 마주쳤다.

"미안해요."

"괜찮습니다! 어디 다녀오셨어요?"

"뭐 좀 들고 왔어요. 학생회 후배 도와준다고."

"역시… 섬세하실 것 같아요."

나는 손을 휘저으며 말을 돌렸다. 아경은 호기심이 가득한 얼굴이었다.

가던 길을 계속 가자고 손짓하며 다시 호수 쪽으로 걸었다. 하루에도 몇 번을 오가게 되는 길인지 모른다는 생각에 미쳤다. 내가 늘 여기에 멈춰 있는 사람처럼 느껴졌다.

"그냥 궁금해서 물어보는 건 아닌데요. 혹시 유진 선배랑은…"

나는 갑작스럽게 유진의 이름을 듣고 깜짝 놀랐다. 그 감정을 입 밖으로 꺼낼 수 없어서 얼어붙었다. 그리고 호수의 가장 먼 쪽을 응시하는 것으로 답을 대신했다. 왠지 익숙했던 이유가 유진의 지인이었기 때문이라는 것을 깨닫고 뭔가 빠트린 사람처럼 당황했다.

"유진이를 아세요?"

"선배, 저 기억이 아예 안 나세요?"

"어…. 네…. 죄송해요."

아경은 잠깐 뜸을 들이더니 머뭇거리며 말했다.

"전에 엠티에서 유진 선배가 아끼는 동생이라고 소개해 줬었는데…."

"아! 죄송합니다."

사실 그 말을 듣고도 기억이 나지 않았다. 유진의 주변에는 언제나 사람들이 많았다. 누구에게나 관심을 받는 사람이었다. 그런 유진이 아끼는 사람들에게는 공통적인 특징이 있었다. 겉으로는 절대 알 수 없지만 마음속에 빈 공간을 가진 사람들이었다. 유진은 그 공간을 알아보고 나눌 수 있는 사람이었다.

같이 시간을 보내다 보면 웃고 있어도 외로움으로 가득 찬 사람들이 많다고 했다. 가지고 있는 불안을 숨기기 위해 최대한 완벽한 모습을 보이려는 것 같다고 말했다. 어디선가 들어본 것 같은 당연한 말 같기도 했지만 그렇게 확신은 가질 수 있는 건 경험이 있기 때문이라고 생각했다.

유진이 아끼는 동생이라면 아경에게도 말 못할 아픈 사정이 있을까 생각해 보게 되었다. 하지만 그건 선입견일 뿐이다. 지금 내 앞에 있는 사람은 자신감으로 충만했고 결코 꾸며진 것처럼 보이지 않았다.

"저 유진 선배 엄청 팬이었어요."

아경의 말은 순수했다. 동감하고 싶었지만 그게 좋은 선택일지 판단할 수 없었다. 그러지 않는 편이 좋을 것 같았다. 헤어졌으니까. 망설이는 동안 아경이 다시 말했다.

"선배가 그랬어요. 이준 선배가 있어서 매일

행운이라고요."

나는 점점 할 수 있는 말이 없어졌다.

"그런데… 왜 팬이에요? 그냥 언니 동생 하면 되잖아요."

"언니라고 하기엔 너무 차이가 나는 느낌?"

"차이요?"

"선배는 뭔가 아우라가 있었어요."

나는 그 아우라를 짐작하려고 해봤다. 그러자 아경이 다시 말했다.

"선배는 매번 유진 선배 이야기만 나오면 표정이 변하시네요."

아경은 양손으로 입을 가리며 웃었다. 다행이었다. 덕분에 다음 말을 아낄 수 있었다.

호수를 따라 걸었다. 은은하게 켜진 조명에 비친 수면이 금빛처럼 빛났다. 호숫가를 걷던 다른 대학생 커플이 산책로 가장자리에 있는 벤치에 앉았다. 그 모습을 보니 유진과 이 길을 걸었던 때가 떠올랐다. 유진은 가끔 성원이 생각난다고 했다. 성원은 고등학교 때 유진과 태승을 둘러싼 소문을 냈던 사람이다. 대략적인 내용은 알고 있지만 자세한 걸 물으면 불편할까 봐 묻지 않았다.

유진은 스물한 살에 또 엄한 소문에 연루된 적이 있었다. 대학생들이 쓰는 에브리타임 어플에 누군가 글을 올렸는데 그 내용이 정말 이상했다. 유진이 이간질을 습관적으로 하는 사람이며 결국 그런 식으로 원하는 사람을 홀려 사귀는 식이라는 거다. 그때는 나와 연애를 시작한 지 얼마 지나지 않았을 때이므로 아마 소문의 상대는 나일 것이다. 하지만 나를 특정해 욕설을 뱉거나 댓글을 쓰는 사람은 없었다.

나를 묘하게 피해가는 악플이 신기하기는 했지만 유진이 민감하게 반응하기 때문에 소문이 많이 난다는 생각을 지울 수 없었다. 그런 소문에 너무 신경을 쓰지 말라고 했는데 유진은 고등학생 때도 이런 적이 있었다며 꽤 오래 힘들어했다. 하지만 다행히 해가 바뀌면서 유진의 진심을 알아차린 후배들이 많이 생겼고 덕분에 일상에도 잘 적응해 가는 것 같았다. 아경이 그중 한 명이지 않을까 생각하게 된 이유이기도 했다.

신호등을 하나 건넌 곳에 단층 건물로 지어진 회벽색 카페가 있었다. 횡단보도 앞에 서자 신호가 바뀌었다. 아경은 아까의 대화가 매끄럽지 않았다고 판단했는지 눈치를 보더니 어느 순간 나의 팔뚝을 꽉 잡았다. 그리고 그대로 걸었다. 도로가 위험한 건 아니었다. 나는 팔을 어정쩡하게 빼면서도 완전히 뿌리치지는 못하고 있었다. 날이 선선해서 기분이 조금 들뜨는 것도 같았다. 멈추지 않고 카페 문을 열고 들어갔다. 하지만 곧바로 후회했다. 웃고 있는 내 표정이 경솔하다는 생각까지 들었다. 부디 나의 상상이기를 바랐다.

여름에도 찬란한 빛을 쏟아내는 나무와 새들도 깃털을 흘리지 않는 깨끗한 호수 풍경, 그리고 풍성함을 잃지 않는 커피 향…. 그 속에서 유진을 마주쳤다. 유진은 노트북을 덮어 놓고 휴대폰을 만지고 있었다. 어딘가에 열중하는 표정이었다. 눈이 마주친 순간 설명할 수 없는 후회가 밀려왔다. 헤어지고 처음 만나는 곳이 하필이면 한 번도 같이 와보지 않은 곳이었다.

지난주에는 낯선 번호로 온 전화를 받았다. 그토록 바라던 취업이었다. 심지어 가장 가고 싶었던 회사다. 사람들한테 이 회사에 가고 싶다고 이야기하면 대기업이나 공기업보다는 못하지만 우리 학교 선배도 많고 편안한 분위기니 좋다는 말이 돌아왔다. 하지만 나는 그런 이유로 가고 싶었던 것이 아니다. 하고 싶은 일이 있기 때문이었다.

무엇인가를 실패해 대안을 선택했다는 말을 들으면 내가 하려고 하는 일도 마음속에서 금세 사라져 버리는 기분이었다. 그런 말들에 이골이 났다. 그렇게 일 년이 지났다. 졸업한 지는 꼬박

반년 만이었다. 이제야 내가 되고 싶던 통번역사가 되었다. 사실 통역이야 충분히 하고 있었는데 이 회사가 가지고 있는 특별한 점이 있었다.

번역서 프로젝트를 주도할 수 있다는 거였다. 출판사와 협업해 번역이 가능한 해외 판권을 찾아 계약까지 끌어내는 일이었다. 그렇게 직접 계약한 도서를 번역하면 책은 오롯이 나의 결과물이 됐다. 그렇게 되면 근무는 약간 줄어들고 인센티브를 나눠야 했다. 비록 인센티브는 매우 적고 반기에 한 권만 맡을 수 있었지만 그래도 조금 더 나다운 일을 할 수 있을 것 같았다.

준비한 서류를 메일로 모두 보내고 노트북을 종료하니 태승이 문자를 보내왔다.

"놀러 가자."

태승은 오늘 아르바이트를 마치고 오후에 쉰다고 했었다. 나는 전화를 걸었다.

"지금?"

"어, 지금. 오늘도 그 카페에 있나?"

"어."

태승은 십오 분 이내로 데리러 오겠다는 말을 남기고 전화를 끊었다. 자주 가는 코스라 카페 근처 어디에서 만날지도 알고 있었다. 어린이대공원에는 볼만한 게 많지만 태승과 나는 놀이기구를 타거나 사진을 찍지는 않았다. 매번 나무 냄새가 풍기는 산책로를 걸었다.

인공으로 만들어놓은 작은 하천을 구경했다. 보고 있으면 마음이 차분해졌다. 산책이 끝나면 서울을 크게 한 바퀴 돌며 드라이브하고 집으로 돌아왔다. 할머니랑 같이 금강 리버 파크에 갔던 날 그랬던 것처럼.

나는 그날 태승과 친구가 되었다. 시간이 오래 지난 지금 다시 생각해도 이상한 일이었다.

✳

그날 할머니는 미간을 자주 찌푸렸다. 머리가 아프다고 말한 적은 없었다. 나는 할머니와 걸으면서 공원을 한 바퀴 돈 후에, 방향을 바꿔 오던 길을 되돌아왔다. 횡단보도 앞에 멈춰 섰을 때 나는 오토바이에 타고 있던 태승에게 말을 걸었다. 그와 동시에 신호가 바뀌었다. 태승은 나를 뒤돌아보더니 바로 고개를 돌리고 신호에 맞춰 출발

했다. 민망한 마음을 숨기고 보행자 신호가 돌아오기를 기다렸다. 그때 옆에 할머니가 없는 것을 알았다.

"어?"

뒤돌아온 길을 따라 다시 걸었다. 이상하게 마음이 초조했다. 일직선으로 이어진 길 위에는 할머니가 없었다. 나도 모르게 뜀박질하듯이 걸었다. 할머니를 외쳐서 부르고 싶은데도 주변에 사람들이 많아서 소리를 내기 부끄러웠다.

길에서 조금 떨어진 잔디에 사람들이 모여서 웅성거리는 것이 보였다. 공원에서 가장 큰 나무 아래였다. 마을 회관 옆에 있는 느티나무만큼은 아니지만 그 나무가 있어서 공원의 한가운데가 어디인지 가늠할 수 있을 정도였다. 나는 그곳으로 뛰어갔다. 그 사이 공원 입구를 통과한 구급차 한 대가 들어왔다. 내가 사람들이 모인 곳 근처에 도착했을 때는 구급대원들이 할머니를 들것에 싣고 있었다. 쓰러진 상태였다.

"어…."

나는 그 앞까지 가지도 못했다. 구급대원 중 한 명이 보호자 계시냐고 소리쳤다. 목이 소리를 먹은 듯 아무 말도 나오지 않았다. 다리가 후들거렸다. 상황을 알기도 전인데 눈물이 났다. 먼발치에서 구급대원을 보고만 있는데 태승이 나타났다. 뭐라고 이야기를 나눈 구급대원은 차 문을 닫고 출발해 공원을 빠져나갔다. 꼼짝달싹할 수 없었다. 자리에 주저앉았다.

휴대폰을 들고 어디로 연락해야 하는지 고민했다. 경찰? 소방서? 내가 지금 위험에 처한 게 아니고… 구급차가 우리 할머니를 데려갔다고 말하면 될까? 손이 바들바들 떨렸다. 그때 태승이 오토바이를 몰고 내 앞으로 왔다. 병원으로 가야 하니 빨리 뒤에 타라고 소리쳤다. 나는 울음이 목에서 울컥울컥 올라오는 것을 느꼈다. 오토바이에 타 본 건 처음이었고 그렇게 빠른 속도를 느껴 본 것도 처음이었다. 자주 가던 편의점과 그 옆의 전동 킥보드 정류장을 빠르게 지났다. 그 동네에서는 느낄 수 없는 해방감이 찾아왔다.

태승의 오토바이를 타고 십 분 만에 병원 응급실에 도착했다. 그래도 번화한 곳이라 큰 병원이 있었다. 아마 동네에서 가장 큰 병원일 것이다.

태승은 응급실 문 앞에 오토바이를 세웠다. 고맙
다는 말도 하지 못하고 아무렇게나 뛰어 들어가
할머니 이름을 말했다. 저 안쪽에 있다는 답변만
돌아왔다. 구석으로 들어가니 의사와 간호사 여
럿이 붙어 요란하게 조치하고 있었다.

　할머니는 고혈압으로 생긴 뇌출혈로 쓰러졌
다. 어지럼증을 느끼고 나무 밑에 쉬러 가다가 쓰
러진 것 같다고 병원에서 알려줬다. 출혈이 많지
않아 수술은 하지 않고 약물로 조절했다며 입원
해야 한다고 했다. 내가 아직 학생이라고 말하니
병원 직원이 같이 이곳저곳을 다니며 접수를 도
와줬다. 할머니에게 어떤 보험이 있는지, 평소 먹
는 약이 뭐였는지 하는 질문을 받았다. 나는 아무
것도 답할 수 없었다. 병원에서 학교로 전화했고
담임 선생님이 와서 한참 앉아 있다가 갔다.

　병실은 늘 비슷했다. 공기와 온도, 창에 햇빛이
드는 시간, 심지어 커튼 앞에 먼지가 떠다니는 것
까지 매일 일정했다. 나는 그 시간에 멈춰있는 것
같았다. 할머니도 그대로였다. 할머니와 대화나
산책을 할 수 있는 것도 아닌데 눈을 감고 있는 할
머니의 숨소리를 듣는 것이 작은 위안이 됐다. 숨

소리는 정말 미약하게 들렸다. 가끔은 할머니 얼굴에 귀를 가까이 대고 들었다. 그때는 눈물이 나도 그냥 흘려도 될 것 같았다. 이 장면이 내내 이어지면 어떨지 생각했다. 따뜻한 할머니의 손을 잡을 수 있으니까. 할머니는 깨어나지 않았다. 한 달이 흘렀다. 방학이 다 가버렸다. 시간은 계속 같은 자리를 돌고 있었다.

병원에서 매일 자고 일어났다. 선생님은 보충 수업에 오지 않아도 된다고 전화로 말했다. 가끔 옷을 가지러 집에 다녀올 때면 그사이 할머니가 나에게 중요한 말을 해주러 일어나지는 않을까 상상했다. 그래서 언제나 숨이 가쁠 정도로 빠르게 뛰었다. 걱정은 소용이 없었다. 할머니는 의식을 찾은 뒤에도 이미 어딘가에 기력을 다 뺏긴 듯 거의 아무것도 하지 못했다. 대화는 나눌 수 없었다. 그러던 어느 날 내가 병실에서 잠들어 있는 사이에 세상을 떠났다.


고맙다는 말을 해야 했는데, 빈소에서 태승을 마주치고 나서야 그러지 못했다는 걸 깨달았다. 간단히 인사만 한 뒤 바로 장례식장을 나가는 태승을 붙잡고 말했다. 아, 그날… 고마워. 구급차도 불러줬다며. 태승은 어색한 표정을 지었다. 나는 개학 전에 다시 연락해서 인사를 하고 싶었지만 내 주변에 태승의 번호를 아는 사람은 성원뿐이었다. 성원에게 연락하고 싶지는 않았다. 성원은 할머니 장례식에 오지 않았다.

연락조차 없었다. 말도 안 되는 일이 생기니 오히려 초연했다. 마음은 빛에 들킨 먼지처럼 말없이 천천히 내려앉았다. 빈소 문이 열릴 때마다 고개를 들었다. 낯선 울음이 들렸고 어두운 옷을 입은 사람들이 스쳐 갔다. 성원의 얼굴이 나타나는 상상을 무의식적으로 반복했다. 연필심처럼 작은 몸에서 끝없이 타는 향은 모든 곳에 냄새를 남겼다.

한동안은 밖에 나갈 엄두도 나지 않았다. 집 앞 버스정류장까지 나갔다가도 금세 집으로 돌아와 주저앉았다. 할머니는 평생 일한 돈으로 이 집을 샀고 내 대학 등록금과 생활비 명목의 적금을 따로 모아두었다. 그리고 내가 어른이 되면 명의를 가져갈 수 있게 만들어 놓았다. 그 사이에 엄마가 갑자기 찾아와 뺏어가려고 해도 절대로 가지고 갈 수 없도록 여러 기관에 제약을 걸어놓았다.

　나는 졸업 때까지 할머니와 살던 집에서 혼자 살다가 대학에 가서 원하는 공부를 하면 된다고 사회복지사가 말했다. 엄마는 나타나지 않았다. 내가 원하는 일 같은 것도 없었다. 할머니가 남긴 것을 소중하게 써야 했다. 당장의 생활비로 탕진하면 어른이 된 후 어떻게 해야 할지 모를 것 같았다. 할머니가 계획했던 대로 이전과 같이 학교에 다니다가 대학에 가기로 했다.


　개학날 학교에 가니 담임 선생님이 교무실로 불렀다. 거기에 태승이 있었다. 공원에 쓰러진 할머니를 처음 발견하고 신고한 것이 태승이라는 이야기가 학교에도 전달된 모양이었다. 담임은 방학 동안 고생 많았다며 우리 둘을 세워놓고 이런저런 이야기를 했다. 앞으로 어떻게 살아가야 하느냐에 대한 일장 연설이었는데 아무 도움도 되지 않았다.

　교무실에서 나오면서 나는 태승에게 아르바이트를 하려면 어떻게 해야 하느냐고 물었다. 태승은 오토바이 면허가 생기자마자 배달을 시작했고 그전에도 미성년이 할 수 있는 아르바이트는 다 해본 사람이었다. 태승은 잠시 생각하다가 자주 배달하는 치킨집 사장님한테 아르바이트생이 필요한지 물어봐 주겠다고 했다. 나는 졸업 때까지 매일 마감 시간에 그 가게에서 일했다. 할머니가 준 돈은 하나도 쓰지 않고 밥도 가게에서 먹었고 틈틈이 공부도 했다.

태승은 학교 마치고 치킨집으로 가는 날마다 나를 오토바이 뒷자리에 태워줬다. 처음에는 다른 애들 눈치가 보여 거절했지만 그런 걸 왜 신경 쓰냐는 말에 타기 시작했다. 바람을 가로지르는 기분이 항상 좋았다. 그때도 딱 지금 같은 날씨였다. 나중에는 둘이 금강 리버 파크에도 가봤다. 할머니랑 걷던 길을 다시 걸으며 울기도 했다. 태승은 내가 우는 것을 기다려주었다.

성원과 사귀는 게 아니었는지 궁금해 물어본 적이 있었다. 성원의 집에서 마주쳤던 그날 이후 성원은 태승의 연락처를 차단했다고 했다. 나는 그 감정선을 다 따라갈 수 없었다. 태승과 나를 차단한 건 성원이었는데 왜 그런 소문까지 내야

했던 걸까? 사람들이 자기를 좋아해 주는데도 완전히 응원받지 못하면 그게 나쁜 게 되어 버리는 걸까?

시간이 지난 뒤에는 태승이 이해해 보고자 했던 성원에 대해서도 들을 수 있었다. 그 생각에 의하면 내가 병원에만 있던 한 달은 성원에게도 긴 시간이었다. 정확히는 성원의 집에서 내가 그들의 포옹을 목격한 날부터 시간이 뒤틀렸다. 둘은 서로에게 관심을 보이면서 아주 오랜 기간 마음을 확인하려고 애써왔다고 했다. 태승은 고압적인 부모님의 통제망을 피해 집을 나와 살고 있었고 생활비를 벌기 위해 밤낮으로 일을 해야 했다. 성원은 그런 태승과 만난다는 사실이 소문이라도 나면 학교에서 어떤 시선을 받을지 두려워 명확한 선택을 할 수 없었다. 태승이 관계를 진전하려는 순간 그 집에서 내가 나타났고 성원은 내가 태승에 관련된 소문을 낼까 봐 두려워졌다. 그리고 나와 태승 모두에게 버려졌다는 생각에 괴로워했다.

성원은 태승에게 만날 수 없는 이유에 대해 긴 문자를 보냈고 태승은 다른 사람 시선이 왜 그렇게 중요하냐고 물었다가 차단당했다. 태승의 부모님 역시 다른 사람들의 시선에 따라 모든 것을 결정하는 사람들이었기 때문에 태승은 그 결정을 받아들이기 힘들었다. 하지만 성원이 악의적인 소문을 퍼트린 뒤에도 태승은 문자를 공개하는 식으로 판을 뒤엎을 수는 없었다. 성원이 나를 의지하고 있었다는 걸 생각하면 혼자 남겨졌다는 말이 맞는 것 같기도 하다고 말했다. 하지만 성원은 버려진 사람이 아니라 버리는 쪽이었다.

그때 내가 먼저 성원에게 연락하고 그 마음을 헤아렸다면 친구로 오래 남아 있을 수 있었을까? 그랬다면 태승과 지금 같은 친구가 될 수 있었을까? 정확한 성원의 마음이 무엇이었는지 나는 알 수 없었다. 서로만이 진정한 친구였던 우리는 더 이상 나무를 보러 가지 않았다. 그렇게 학교 안에서 각각의 존재가 됐다. 하지만 덕분에 태승과는 더 가까워졌다. 할머니도 성원도 없는 시절에 태승과 함께 밤늦게까지 일하며 호흡을 맞추다 보면 시간이 빠르게 흘렀다. 나는 눈감고도 치킨을 튀겨내는 사람이 됐다. 수능은 그런대로 잘 봤고 서울에 있는 학교에 거의 마지막 순서로 문을 닫고

합격했을 때 태승이 축하한다며 떡볶이를 샀다.

스무 살이 되자마자 할머니가 모은 적금이 모두 내 명의로 들어왔다. 생일이 새해 첫 달이라 바로 어른이 됐다. 내가 서울로 올라가야 할 것 같다고 말하자 태승은 뒤도 돌아보지 않고 군대에 갔다. 첫 휴가 직전에 코로나 바이러스로 난리가 났고 아주 오랫동안 군대에서 나오지 못했다. 나는 할머니와 살던 집을 팔아버렸다. 할머니가 타던 차는 오래되어 팔 수 없었다. 그래서 폐차했다. 서울에 온 나는 고시원에 들어갔다.

모든 게 불편하고 힘들었다. 고시원의 좁은 방에서 잠을 설칠 때마다 전에 살던 집의 거실이 떠올랐다. 할머니가 찍어 준 내 사진들과 나를 위한 간식들이 생각났다. 혼자 있는 시간에는 출근한 할머니가 돌아오기를 기다리는 거라고 생각했다. 하지만 할머니는 내가 가만히 앉아서 벌벌 떨거나 물러서는 사람이 되기를 바라지는 않을 것 같았다. 대학에 가라는 말 다음에 어떤 대학생이 되라는 말까지 붙여줬으면 좋았을 텐데.

신입생 오리엔테이션에서 자기소개를 하면서

나는 내 나름의 콘셉트를 잡았다. 되도록 사람들 속에 잘 어울리고 학교에도 열심히 가는 삶으로 살아보자고 생각했다. 할머니가 운전하는 차 조수석에 앉아서 울던 내 모습을 졸업식 사진처럼 생각하며 어딘가에 포장해 두었다. 할머니가 병원에 실려 간 날 이후로는 누워있는 할머니 사진을 잔뜩 찍었다. 유일하게 같이 찍었던 사진은 인화해서 종이로 된 박스 안에 넣어 두었다.

✳

　　대학 마지막 학기를 앞두고 이준과 헤어졌다. 이준이 군대에 있는 동안 그의 집에서 살고 있었기 때문에 집을 구해야 했다. 보증금이 필요했다. 나는 그때 처음으로 할머니가 남긴 돈을 썼다. 학교에 마저 다녀야 했으므로 학교를 중심으로 이준의 집과 정반대 방향에 있는 곳에 자리를 잡았다. 혼자 사는 것이 이전보다는 나쁘지 않았다. 근처에 도시적인 느낌이 나는 카페가 있었다. 나는 졸업 후 아르바이트하지 않는 거의 모든 시간에 이 카페에 있었다. 이준과 헤어진 후 생긴 곳이라 여기에 있는 게 좋았다. 꽤 오래 만났지만 그중 일 년 반 정도는 이준이 군대에 있어서 특별히 가본 곳이 많지도 않았다.

군대에서 돌아오면 학교생활을 하면서 같이 지낼 수 있을 줄 알았다. 그런데 막상 돌아오니 우리가 이미 너무 많이 다르다는 것을 알게 됐다. 나는 할머니의 바람대로 대학 사 년을 쉼 없이 꽉 채워 다녔다. 졸업반이 되어서는 통역 아르바이트나 포트폴리오 모임 같은 걸 하다 보니 졸업까지 금방이었다. 반면 이준은 아직 우리가 처음 만나던 때에 머무르는 사람 같았다. 나와 나누던 철없는 대화나 장난들이 모두 그대로였다. 혼자서 집을 가꾸거나 자신을 돌볼 줄도 모르는 사람 같았다. 그런데 그게 모두 내가 옆에 있기 때문이라는 생각도 들었다.

이준은 또래에 비하면 꾸준한 사람이지만 오늘 살기 위해 오늘 일을 해야 하는 사람과는 달랐다. 살고 싶어서 절박한 나는 이준에게 늘 조급한 사람으로 보였다. 절박함에서 오는 불안함을 이준은 열심히 위로하려고 했다. 매번 내 마음에 와닿지 않았다. 차라리 이준이 더 나은 사람이 되면, 그러니까 자기를 완전히 극복한 사람이 되면 위로가 될 것 같았다. 이렇게 생각하면서도 늘 같은 자리에 머무르는 이준을 참을 수 없었다. 그에게도 위로가 필요했을 테지만 너무 많이 변해버렸다는 걸 인정해야 했다.

오늘은 카페 창가 쪽에 자리를 잡고 앉았다. 태승이 오는 데까지 시간이 오래 걸리지 않을 것 같아 바깥을 보고 있었다. 태승은 전역 후 곧장 서울로 올라와 식당 일을 배웠다. 대학에는 가지 않았다. 나도 혼자 있기 싫을 때는 거기에 놀러가서 시간을 보냈다. 이준과 헤어진 지 얼마 되지 않아 오랜만에 만났을 때, 태승에게 전과 달라진 나에 대해 어떻게 설명해야 할지 몰라 당황했던 적이 있다. 시간이 지나는 것을 붙잡을 수는 없었지만 태승이 달라진 나를 낯설어하지는 않기를 바랐던 것 같다.

태승은 양버즘나무를 아느냐고 물었다. 처음 들은 이름이었지만 도처에 깔린 가로수가 다 양버즘나무였다. 내가 아는 이름은 할머니가 알려줬던 플라타너스다. 태승이 아무렇지 않게 나무

이름이나 이야기하는 걸 보고 있으면 내가 변한 것 따위는 아무 일도 아닌 것처럼 느껴졌다. 계속 나무 주변을 맴돌며 이파리 생김새만 따져보아도 괜찮을 것 같았다. 정작 태승이 어떻게 변했는지는 나도 생각하지 않았다.

태승은 내가 병원을 비운 사이 할머니 병실을 한 번 찾은 적이 있다고 했다. 할머니는 창가 쪽 침대에 누워 실눈을 뜬 채 창문 밖을 보고 있었다. 내가 없어서 병실 앞을 서성였는데 할머니한테 인사를 하려면 내가 없는 것이 더 나을 수도 있다는 생각에 용기를 내서 안으로 들어갔다고 했다. 할머니는 내가 아닌 태승에게 말했다. 나무가 예쁘네. 태승은 어쩔 줄 몰라 네, 네, 하고 급히 인사한 뒤 병원을 나왔다. 그 병원 앞에 있는 나무가 뭐였는지 검색해 보니 양버즘나무였다고 했다.

그날 태승의 이야기를 듣고 처음으로 가로수에도 꽃이 핀다는 걸 알게 됐다. 그런 이야기를 해주는 태승과 보낸 시간 덕분에 우정에 대해서도 알게 됐다. 주변에 있는 많은 사람 중에 친구라고 자신 있게 말할 만한 사람이 더 있는지도 모르겠다. 태승은 부모의 강요대로 살지 않기 위해 많은 것을 포기하고 집에서 나왔다. 성인이 된 이후에는 가끔 연락을 하기도 하는 것 같지만 그것은 부모를 위한 일이지 자신을 위한 것이 아니었다.

＊

　카페 바깥으로도 울창한 가로수가 이어져 있었다. 문이 열리는 소리가 들려 나도 모르게 그쪽을 바라보았다. 들어오는 사람과 눈이 마주치는 방향으로 앉아 있었다. 들어온 사람은 태승이 아니었다. 이준이었다. 작년 여름 엠티 이후 내 연락을 받지 않던 후배 아경과 함께였다. 날씨에 비해 가벼운 차림인 아경은 평소 지니고 있던 과장된 모습과는 다르게 화사하고 행복한 표정이었다.

　이준도 웃고 있었다. 그걸 보며 불행한 내가 싫었다. 아경이 나의 연락을 받지 않은 이유가 이 장면으로 설명되지 않았으면 좋겠는데 표정 관리가 마음처럼 잘되지 않았다. 내가 먼저 그들을 봤고 아경과 이준이 순서대로 나를 봤다. 아경은 이준의 팔뚝을 더욱 꽉 잡았다. 그리고 빈자리로 그를 밀었다. 헤어질 때는 진심으로 행복했으면 좋겠다고 생각했는데 막상 마주치니 놀란 마음을 감출 수가 없었다. 당황한 탓에 덮어놨던 노트북을 열었다. 이준은 감정을 숨기지 못하고 내 이름을 불렀다. 나는 바탕화면에 있는 아무 버튼이나 눌러댔다.

하지만 그럴 필요가 전혀 없었다. 헤어진 지 벌써 일 년이 넘었기 때문이다. 나는 숨을 한번 들이쉬고 고개를 들었다.

"어, 안녕."

그리고 다시 인터넷을 열어 포털 메인 화면에 뜨는 것 중 가장 유쾌해 보이는 기사를 더블클릭했다. 그들의 자취를 신경 쓰고 싶지 않았다.

마침 태승이 보낸 문자가 왔다.

나 2분 뒤 도착.

노트북을 가방에 넣었다. 의식해서 일부러 자리를 피하는 거라고는 생각하지 않았으면 좋겠지만 그렇다고 해도 어쩔 수 없었다. 눈이 뻐근하게 저린 것 같았다. 그 사이 신호등을 하나 건넜고 곧 태승의 차가 보였다. 이제 태승은 오토바이를 타지 않는다. 오랫동안 직접 일해 번 돈으로 차를 샀다. 정차 시간이 길지 않도록 나는 빠르게 조수석에 앉았다.

"그냥 카페에 있지, 많이 걸어야 하는데."

"딱히 할 거 없어서."

"뒤에 종이 가방 봐봐."

"뭔데?"

종이 가방 안에는 새로 산 신발 박스가 들어있었다. 출근할 때 신기 좋은 깔끔한 로퍼였다. 나는 의아한 눈으로 태승을 쳐다봤다.

"아니, 지난주에 그 발표 나왔다며."

"나 붙었다고 말한 적 없는데?"

태승은 머쓱한 듯 시선을 피했다.

"당연히 붙는 거 아니었냐고."

이때다 싶었는지 눈물이 흘렀다. 머리카락 끝부터 손가락 끝까지 힘없이 떨렸다. 고개를 숙인 상태에서 모았던 양손을 풀어 얼굴을 감쌌다. 기도하듯 눈을 감았다.

차는 달리는 중이었다. 창문을 살짝 열어둬서 바람이 차 안으로 계속 들어왔다. 나는 들고 있던 쇼핑백을 열고 좁은 조수석에서 신발을 갈아 신어 보려고 애를 썼다.

"야, 나중에 도착해서 신어."

태승은 노력하지 않아도 된다는 톤으로 말했다.

"지가 빨리 줘놓고는… 야, 고맙다."

차는 계속 달렸다. 익숙한 길이었다. 차가운 강에 발을 넣은 거대한 회색 교각, 그렇게 지탱한 튼튼한 다리 위로 차들이 끊임없이 지나갔다. 멀리서 보면 브레이크의 빨간 점등만 보였다. 눈을 강으로 돌렸다. 많은 양의 물이 밀려나고 있었다. 오늘의 수면은 잔잔했다. 바람이 갈피를 잃은 것도 같았다.

태승은 내가 왜 울먹이는지 묻지 않았다. 마음이 놓였다.

머지않아 어린이대공원에 도착했다. 태승은 내가 내릴 준비가 돼 있는지 확인하느라 시동을 끄지 않고 가만히 기다렸다. 태승은 본인 힘으로 나눌 수 있는 건 자신을 증명하는 일이라고 했다. 나는 그때마다 입술을 다물고 눈을 치켜떴다. 왜 이렇게 비싼 걸 사주냐고 말하면 싫어했다. 주차장에서 신발을 갈아 신으니 딱 맞았다. 내 스타일과 맞으면서 편안한 신발을 사기 위해 열심히 찾고 고민했을 태승을 생각하면 어색한 기분이 들었다.

공원을 걷다 보니 기분이 나아졌다. 잔잔한 공원의 공기가 우리의 침묵을 지켜줬다. 건강한 나무들이 줄지어 하늘을 덮고 있었다. 바닥을 지탱하는 오래된 돌과 드높은 나무가 도로 바깥으로 뻗어 있어 포근하게 느껴졌다. 산책로를 따라 만들어진 흙에서 편안한 냄새도 올라왔다. 이상하게 진정되는 기분이었다.

"고마워."

"기분 전환되지?"

"어, 나 아까 카페에서 이준 마주쳤잖아."

"인사했어?"

"어 그냥…. 먼저 하길래 하고 나왔지."

"그래서 빨리 나왔구만."

이런 식의 산책이 벌써 여러 번이었다.

"나는 공원 걷고 있으면 지금도 할머니 쓰러진 날 생각 나서 되게 무섭다? 그런데도 자꾸 공원에 오게 돼."

"할머니가 좋아했던 곳이라 그런 거 아니야?"

"맞아. 엄청 무서웠는데… 큰 나무가 지켜주

는 느낌. 네가 도와주기도 했고. 고마워."

"나도 벌벌 떨었어. 혼자였으면 누구든 그랬을 거야."

태승은 잠시 말을 멈추고 고개를 들어 나뭇잎 사이로 새어드는 빛을 바라봤다.

"나도 우리 할머니 계속 보고 싶어서. 뭐라도 한 거야."

나는 숨을 죽였다. 한없이 단단해 보였던 태승이 안에서부터 떨고 있는 게 느껴졌다.


"우리 둘 다 할머니를 좋아했구나."

목이 메어 발음하기 어려워졌다. 태승은 할머니와 같이 살 때는 부모가 그렇게 밉지 않았다고 했다. 할머니가 편찮으신 뒤로 집에서 지낼 수 없게 되었는데도 부모가 병원에 잘 찾아가지 않는 것을 볼 때마다 가슴이 텅 빈 것 같았다. 다른 건 몰라도 어릴 때부터 할머니가 있는 병원에 혼자 찾아가는 것은 자신이 있었다고 했다. 할머니가 돌아가신 뒤로는 부모를 도저히 용서할 수 없었다. 자신에게 강요하는 삶이 할머니를 외롭게 만드는 원인이었다고 생각하면 도저히 그렇게 살아지지 않았다.

나는 태승처럼 간절하게 누군가를 지키고 싶었던 적이 없었다. 할머니가 유일한 보호자였던 건 마찬가지였지만 오히려 나는 나를 지키기 위해 할머니가 어떤 삶을 살았는지 다 헤아리지 못했다. 아마 태승도 다 아는 건 아닐 것이다. 하지만 이런 이야기를 나눌 수 있다는 것이 서로에게 위안이 되는 건 분명했다. 특별히 도움이 되는 게 아니어도 이런 시간이 길어지기를 바랐다.

감정이 수그러들 때까지 충분히 걸었다. 나는 계절마다 내 안에 다른 공간을 만든다. 공간마다 소중한 것을 각각 담아 훼손되지 않게 보존해야 했다. 할머니와 태승 그리고 이준은 모두 내 안에서 별개의 공간을 가진 사람들이다. 성원도 마찬가지다. 나는 떠난 계절을 붙잡는 노력을 한 번도 하지 않았다. 그것은 내가 정직하지 못한 것처럼 느껴지게 할 때도 있었다.

밸런스 게임의 균형이 무너졌다. 지금까지 나는 두 가지의 길만 두고 저울질했다. 졸업하고 취업한 뒤 다시 유진에게 고백해 만나는 것과 보란 듯이 새로운 사람을 사귀는 것이었다. 모두 유진을 의식했다. 하지만 내가 놓치고 있는 중요한 부분이 있다는 생각이 들었다. 우리가 왜 헤어졌을까? 오래 떨어져 있었기 때문이라고만 생각했다. 그래서 다른 방식으로는 떠올리지 못했다.

사람에 대해 생각하느라 내 마음은 생각하지 않았다. 어릴 때부터 혼자 있는 것에 익숙해서 익숙한 것과 좋은 것을 구분하지 못했다. 유진은 나에게 그 균형이 되어줬다. 비슷한 결핍으로 살아가는 사람이었다. 유진은 잠깐의 틈도 허락하지 않고 성장했고 당연하게도 나보다 먼저 졸업했다. 사회의 기준 때문이 아니었다. 유진 자체가 그런 에너지를 가지고 있었다.

오히려 핑계를 대는 것은 나였다. 제대로 고민하지 않고 유진이 나를 기다릴 거라는 믿음만 가진 채로 군대에 갔다. 가난 역시 좋은 핑계가 되었다. 최선을 다하면 잘하는 거라고 믿었다. 유진이 그것으로 만족하기를 바랐다. 하지만 휴가를 나올 때마다 유진은 조금씩 다른 사람이 되어 있었고 전역 후에는 이미 관계가 벌어진 채로 반년을 더 만났다.

우리는 만나면 말을 잘 안 했다. 둘이 있으면 주제가 없는 연극을 하다가 준비된 것이 끝나면 말없이 다시 사색에 잠기는 패턴이었다. 무의식에서 터져 나온 말을 아무렇게나 주고받고 그것을 서로가 수용한다는 것에 안정을 느꼈다. 말하지 않아도 통하는 사이라고 생각했고 그것이 우리만의 특별한 배려와 연애 방식이라고 생각했다. 그런데 시간이 지나고 보니 우리가 공유한 것이 과연 무엇이었을까 하는 생각이 든다. 말하지 않고도 알게 되는 것이 과연 있을까?

사랑하는 사람 옆에서 시간을 쓴다고 사랑이 채워지는 것은 아님을 알게 되었다. 그 긴 시간 동안 유진의 곁에 있으면서도 나를 증명하지 못했다. 유진은 나를 어떻게 기억하고 있을까. 해가 여러 번 바뀌었고 나는 학교에서 보낼 수 있는 시간이 이제 얼마 남지 않았음을 깨달았다. 당장 취업을 준비해야 한다는 생각도 진지하게 하고 있다. 지난달에 마지막 학기를 마치면서 서류 접수를 몇 군데 해보기도 했지만 당장의 이력으로는 갈 수 있는 곳이 없었다.

유진과 사귀고 있었다면 이런 생각을 조금 더 빠르게 했을지도 모른다. 아경에게 전해 들은 소식으로는 유진이 가고 싶어 하던 회사에서 꽤 즐겁게 일하고 있다고 했다. 어쩌면 사회에서 만난 사람들과 보내는 시간이 유진을 덜 외롭게 만들지도 모른다. 그 모습을 옆에서 지켜봤다면 나는 어땠을까? 더 치열해지려고 했을지, 나와 유진을 비교하며 다른 생각을 했을지 모르겠다.

　인턴 서류에서 번번이 떨어졌다. 스펙이 좋은 건 아니었지만 특별히 좋은 곳에 지원한 것도 아니었다. 한 곳에서는 담당자가 답장을 보냈는데 자기소개서를 작위적으로 쓴 느낌이라고 했다. 그 말을 듣고 다시 읽어봐도 무엇이 작위적인지 알 수 없었다. 유진이라면 어떤 자기소개서를 썼을까. 형식을 잘 갖추면서도 자신을 자연스럽게 보여줄 만한 문장을 가지고 있었을까?

　내가 유진에 대해 뭘 알고 있는지 생각하니 마음이 더 무너졌다. 파트타임 통역 아르바이트를 했다거나 총학생회 회장을 맡았다는 것은 굳이 내가 아니어도 알 수 있었다. 나는 나에 대해 잘 모를 뿐 아니라 유진에 대해서도 잘 몰랐다. 나는 주어진 하루를 온전하게 채워 본 적이 없다. 그러니 스스로 행운이 될 수는 더욱 없었다.


　학교 앞 호수는 잔잔하게 흐르는 것처럼 보이기도 하고 물결이 이는 채로 얼어버린 것 같기도 했다. 여름에는 호수의 둘레를 따라 마련된 산책로에 가로수가 무성했는데 겨울이 되니 가지가 앙상하게 드러났다. 날씨가 추워지면서 나는 산에 오르는 것을 포기했다. 대신 이렇게 아침마다 호수 주변만 빙빙 돌았다. 호수의 반환점을 돌 때는 늘 유진과 마주쳤던 카페에 가볼지 고민했다. 혼자 있을 때 다시 우연히 마주친 것처럼 하면 대화를 좀 더 해볼 수도 있지 않을까. 하지만 이런 생각을 하는 것도 조금은 부끄럽다는 생각이 들었다. 이미 너무 많은 시간이 흘러서 이제 유진이 나를 어떻게 생각할지도 가늠되지 않는다.

유진은 내가 후회하는 이 시간에도 성장하고 있을 것이다. 고향으로 돌아가지 않았던 이유도 이런 것이었을 테다. 간신히 두고 온 추억들을 이겨내야만 온전히 성장할 수 있었을 테니까. 나는 매일 지난 시간을 돌아가고 있다. 그곳에서는 내가 유진에게 도움이 될지도 몰랐다. 어쩌면 나는 그것을 명분으로 여태 나를 지탱했을 것이다. 사실은 유진이 나를 포장하고 있던 것이다. 깨달은 뒤로는 내내 무너지는 마음이었다. 자라야 한다는 생각이 마음에 가득했다. 유진이 좋아했던 나무들처럼, 홀로 서 있을 때도 든든하고 평온했던 그것들처럼.

　　그날 아경에게 피부학 수업자료를 메일로 보낸 뒤 근처 가게에서 같이 라멘을 먹었다. 유진이 아끼던 후배답게 밝은 사람이었다. 그 뒤로도 여러 번 수업에서 마주쳤고 시간이 남을 때는 종종 밥을 먹었다. 솔직히 반가웠다. 과에는 여전히 친구가 없었고 총학생회에서 같이 활동한 선배들은 모두 졸업했다. 군대를 다녀온 뒤로는 활동하지 않았으니 이제 와서 학교에 친구를 만들기도 어려웠다. 그런 참에 먼저 다가와 주는 후배가 있다는 건 고마운 일이었다.

　　아경은 유진이 취업한 뒤로 자기 연락을 받지 않는다며 속상해했다. 나는 유진이 연락하지 않는 데에는 그럴 만한 이유가 있을 거라고 답했다. 실제로 너무 바빠서 학교 후배까지 챙길 여력이 나지 않을 거라고 생각했다. 아경은 유진이 다른 후배들에게는 곧잘 연락해서 인턴 자리도 소개해 주는데 이상하게 자신에게 거리를 두는 것 같다고 했다. 나는 할 수 있는 말이 없었다. 혹시 나랑 같이 있는 것을 보고 일부러 피하는 걸까 혼자 생각한 적은 있었다.

　아경이 나 때문에 피해를 보는 건지도 모르겠다는 생각이었다. 그렇다고 내가 먼저 연락을 끊기도 애매했다. 처음 수업 자료를 달라고 한 것도 아경이니까. 왜 우리 학과 수업을 청강했을까 궁금했기는 했어도 굳이 묻지 않았다. 반면 아경은 나에 대해 생각보다 자세하게 물어봤다. 질문들에 답하느라 내가 좋아하는 것이 꽤 있다는 걸 알았다. 보통 사람들은 이렇게 친해지는 걸까 싶었다.

　지난 학기를 종강할 때쯤 둘이 술을 마신 적이 있었다. 아경은 내가 아직 유진을 좋아하는지 물었다. 나는 또 답을 할 수 없었다. 거의 매일 유진을 생각하는데 그것이 정말 좋아하는 마음인지 확실하지 않았다. 어쩌면 미련이고 이별의 이유를 다 알지 못한다는 것에 대한 잔재가 남은 것일 수도 있다. 유진을 보고 싶은지 묻는다면 그렇다고 답할 것 같다. 하지만 지금의 유진을 보고 싶은지 물으면 잘 모르겠다. 나는 지금 유진이 어떤 사람인지 알 수 없기 때문이다. 스무 살의 유진이라면 나의 이런 막연한 정체감을 이해하지 않을까? 나를 헤아리는 사람이 세상에 딱 한 명뿐이라는 생각은 좌절감을 주는 것 같기도 하다.

*

언 호수를 좀 더 보고 싶었다. 떨어진 낙엽도 없이 온전히 얼어있는 호수를. 물 위로 하늘이 비쳤다. 오늘은 조금 더 선명했고 풍부한 구름도 걸려있었다. 호수는 하늘 풍경 안에서 일렁였다. 그 일렁임이 주는 파장을 느꼈다. 툰드라의 호수처럼 걸을 수는 없지만 그 안까지는 모두 얼지 않아 물고기들은 살아있을 수 있다. 유진의 부재를 느낀 후에는 살아있는 것에 대해서 생각하게 되었다. 가로수 사이에 마련된 벤치에 자리를 잡으니 허벅지에 냉기가 전해져 올라왔다.

나무에는 뜨개질로 만든 옷이 입혀져 있었다. 양옆으로 우거진 나무가 은근히 냉기를 줄여주는 듯했다. 표면은 거칠었다. 나무는 껍질을 벗고 잎을 털며 자란다고 한다. 우아한 잎에 주황색을 입혀 떠나보낸 후 다시 뜨거운 여름을 기다리는 것이다. 길게 뻗어나간 가지의 끝에는 잎과 열매가 떨어진 자리에 겨울눈이 맺혀 있었다. 그 위에 안

착한 눈송이가 잎을 대신했다. 루비를 흰 유리로 감싼 것처럼 아슬아슬해 보이지만 실제로는 견고하고 단단했다. 둥근 타원 모양의 겨울눈은 봄이 되면 조금씩 피어 다시 넓적한 잎을 낼 것이다.

"혼자 뭐 하세요?"

나무를 보면서 다른 생각을 하는 사이 아경이 내 앞에 와 있었다.

"어? 뭐야, 방학인데 학교 근처는 왜 왔어?"

"그건 뭐예요? 나뭇잎 뽑았어요?"

어느새 손에 잎을 쥐고 있었다.

"어, 아니⋯. 이 옆에 하나 떨어져 있길래 주워 왔어. 양버즘나무래."

"저도 만져봐도 돼요?"

"어, 가져."

아경은 잎을 자세히 보지 않고 슬쩍 더듬더니 벤치에 금세 내려놓았다. 아경에게 나무는 큰 의미가 없을 수 있으니까. 게다가 겨울을 맞이한 잎은 약간 까끌까끌하고 바삭거렸다. 이런 건 아경과 어울리지 않는다. 나무도 떨어진 잎도 겨울도 마찬가지였다. 그래서일까. 잎은 벤치에서 바닥으로 쉽게 떨어졌다. 내가 다시 그 잎을 주우려고 고개를 숙이는데 바람이 불어 날아가 버렸다.

카페에 가자는 아경의 제안을 이번에도 거절하지 못했다. 재작년 여름에 유진과 마주쳤던 그 카페였다. 문을 열고 들어갔을 때 유진이 앉아 있을까 봐 조마조마했다. 하지만 카페는 조용했고 특별히 아는 얼굴도 없었다. 그런 걱정을 한 것이 민망해져서 주문을 한 뒤 얼른 화장실에 다녀왔다. 추위에 얼어있던 몸에 긴장이 확 풀렸다.

인테리어를 위해 세워 둔 전신거울에 내가 적나라하게 비쳤다. 발이 저린 사람처럼 몸이 구부정했고 뺨이 붉어져 있었다. 다행히 겨울이라 추위에 못 이기는 척할 수 있었다. 물을 틀어보니 손이 차가웠다. 감각이 별로 없었다.


자리로 돌아오니 아경이 휴대폰 화면에 비친 자기 얼굴을 보고 있었다. 나는 일부러 헛기침했다.

"케이크도 주문했어요."

"어, 고마워."

"돈은 안 주셔도 돼요. 다음에 밥 사주세요."

나는 의자를 빼며 자리에 멀찍이 떨어져 앉았

다. 어쩌면 오늘이 아경을 보는 마지막 날일 수도 있겠다고 생각했다.

"선배, 다음 주쯤에 연못 있는 카페 갈래요? 겨울에 더 예뻐요."

내가 답하지 않자 아경이 다시 얘기했다.

"다음 주 어떠세요?"

"…"

"선배는 안 드세요?"

아경이 케이크를 두세 번 먹는 동안 나는 포크에도 손을 대지 않았다.

"아, 나는 괜찮아."

"저희 자주 보니까 잘 되는 것 같아서 좋아요."

"나랑?"

"네. 선배도 그렇죠?"

"생각해 본 적 없는데."


아경의 표정이 일그러졌다. 이제껏 아경에게 느꼈던 밝은 기운이 모두 진심이 아닐 수 있다는 것을 느꼈다. 처음에 유진과의 친분을 들이대며 다가왔던 것이 마음에 걸렸다.

"요즘도 유진이랑 연락 잘 안 해?"

"네? 갑자기 왜요?"

"아니, 유진이가 너 아끼는 후배라고 했는데 거리 둘 이유가 있나 싶어서. 한번 사귀면 오래 보는 앤데… 취업해서 바빠서 연락 못 했던 거면 볼 때도 됐지 않은가 하고…."

아경은 케이크를 집어서 입에 넣었던 포크를 다시 자기 쪽 접시에 올려놓으며 얼버무렸다.

"근데 제가 언니랑 연락한다고 해서 선배를 못 만날 것도 아니고…"

"뭐라고?"

아경은 몸을 배배 꼬며 다시 고쳐 앉았다.

"아, 사실… 얼마 전에 인턴 자리 있다고 연락이 왔어요. 작년에 한번 보려다가 못 봤는데…"

"한다고 했어?"

아경의 표정이 어두워졌다.

"네. 일단은… 언니랑 업무는 달라요. 언니는 저희랑 팀도 다르고 해외 영업 쪽으로 들어간 거라… 그, 이번 주 목요일에 면접 보러 오래요."

"그래. 잘 됐으면 좋겠네."

"언니 말로는 웬만하면 붙을 거라고 하는데, 그냥 가지 말까요?"

나는 상체를 뒤로 조금 더 뺐다.

"그걸 왜 나한테 물어봐? 원래 생각 있었으면 좋은 기회 같은데?"

나는 최대한 위압적으로 말을 뱉어놓고 부끄러워졌다. 숨고 싶었다. 감정을 숨길 수가 없었다.

"이제 졸업이니까 볼 일 없겠네. 잘 지내."

갑작스럽게 대화를 마무리 짓고 일어났다. 케이크는 먹지 않았다. 더 이상 앉아 있으면 할 수 있는 이야기가 유진에 대한 것 외에 더 있을까. 카페에서 나오는데 불현듯 군대에 가기 직전의 일이 떠올랐다.

＊

우리가 사귀기 시작했을 때 유진은 과 대표를 맡고 있었다. 사람들은 유진에게 관심이 많았다. 총학생회에 들어간 이유나 애인의 유무 같은 것들을 물었다. 나에게 와서 이상한 뒷말을 하는 남자애들도 있었다. 표현은 나를 위한 척 돌려서 했지만 결국 유진이 습관적으로 다른 사람에게 여지는 준다는 식의 내용이었다. 나는 그것을 믿지 않았다. 내가 아는 유진을 의심하게 할 만큼 중대한 근거가 없었다.

사람들도 에브리타임에 올라오는 게시물에 신뢰가 없어서 그런 구설수에 대해 특별히 관심을 두지 않았다. 오히려 유진의 편이었다. 굳이 이런 얘기를 올려서 무슨 도움이 되냐는 것이었다. 하지만 가짜 에피소드가 너무 구체적이고 반복적이라는 점에서 소름 끼치는 면이 있었다. 마치 유진의 민낯을 다 아는 이가 글을 쓰는 것 같았다. 군대에 가는 나의 상황과 많은 사람을 만나야 하는 유진의 책임이 맞물려 그 소문에 힘을 실어주었다.

나는 어플 관리자에게 연락했다. 해당 게시글 삭제와 아이디 정지를 요청했다. 하지만 그건 곤란하다는 답이 돌아왔다. 원색적인 비난이나 인종 차별이 없다는 것이 이유였다. 본인들은 인권센터 조정이나 법적 판결 이후에나 조치가 가능하다고 했다. 그러나 그 절차를 밟게 되면 유진이 내용에 대해서 직접 해명해야 했다. 나는 유진을 의심한 적이 없다. 하지만 내가 그 글들을 보고 있다는 사실을 유진이 알게 될까 봐 두려웠다. 결국 나는 유진의 주변 모두를 경계할 수밖에 없었다.

오랫동안 고민했다. 유진을 만날 때마다 이 문제에 대해 말하려다가 멈췄다. 내 선에서 해결하고 싶었다. 매일 커뮤니티에 들어가서 새로운 글을 확인했다. 하루 사이에 삭제되는 글도 많아서 수시로 들어갔다. 언젠가부터는 내가 더 많이 의식하고 있었다. 군대에 갈 때쯤에는 조금 이상하기도 했던 것 같다. 유진이 그 글을 보지 못했을 리가 없는데 나에게 하소연하지 않는 것이 답답하게 느껴졌다. 하지만 우리는 결국 그 일에 대해 대화하지 못했다. 시간이 지나면서 사람들은 다시 유진을 좋게 보기 시작했고 점차 게시물을 비판하는 댓글이 달리면서 작성자는 견디지 못하고 글을 내렸다.

전역 후에는 모든 사건이 지나가 있었다. 나는 그 일을 대학 시절의 해프닝이라고 정리했고 전역하자마자 보란 듯이 학과 연합 엠티에 갔다. 총학생회에 나와 유진의 후배들이 여전히 많이 활동하고 있었기 때문에 행사를 기획하는 건 어렵지 않았다. 유진은 성실하게 쌓은 대학 생활을 보상받으며 마무리하는 듯했다. 틈틈이 친한 후배들을 소개해 줬다. 돌이켜보니 당시 아경을 소개했던 기억이 났다. 그때도 아주 명랑했다. 유진은 본인과 미묘하게 닮은 후배를 아꼈다. 나도 오랜만에 본 후배들과 같이 있어서 가까이 가지는 못했지만 묘하게 신경이 쓰여 물어봤었다.

"저 후배도 학생회야?"

"아니. 근데 그래 보이지?"

바비큐 파티가 끝나고 쓰레기를 정리하는데 유진이 아경과 함께 나에게 다가왔다. 아경은 이상하게 나를 아는 사람처럼 행동했다. 유진이 졸업하면 혼자 학교에 남을 나를 걱정하는 듯했다. 그때는 자신감이 있는 후배라고만 생각했다. 다 좋을 때였으니까. 기분 나쁘게는 듣지 않았다. 그런데 그렇게 끝이 났어야 할 이야기가 이상하게 이어졌다.


사실 그쯤에는 나도 나를 제어할 수 없었다. 유진은 이제 일 년만 지나도 졸업이었다. 여자친구가 먼저 취업하면 바로 헤어지게 될 거라는 형들의 말에 괜히 짜증이 났다. 정말로 나를 위해 조언하는 사람도 있었고 자신과 같은 처지가 될 것을 기대하면서 은근히 본인을 위로하는 것 같은 사람도 있었다. 나는 그런 생각을 하고 싶지 않았다. 아직 벌어지지 않은 일에 대해 예민하게 굴 바에는 유진과 함께 보내지 못한 시간을 보상하고 싶은 마음이었다.

하지만 주변의 말처럼 유진은 한가롭지 못했다. 방학에는 아르바이트 시간을 더 늘리고 학원에도 다니느라 학기보다 더 바빠 보였다. 나도 대부분 생활비를 벌어 쓰는 처지였지만 가끔 아빠에게 돈을 받아서 학기 중에는 일하지 않아도 괜찮았다. 내가 카드 지갑 같이 작은 선물만 준비해도 유진은 화를 냈다. 선물이 문제인지 취업도 하지 못한 대학생이 돈을 쓰는 것이 문제인지 정확히 알 수 없었지만 아무래도 후자 같다는 생각이 들면 우울해졌다.

유진과 만나는 동안 나는 원하는 것과 원하지 않는 것을 구분할 줄 알게 되었다. 어쩌면 고향에 가지 못하는 것은 가고 싶지 않아서가 아니라 그곳에서 내 존재감을 느낄 수 없을까 봐 두렵기 때문이라는 것을 알았다. 아빠는 여전히 그곳에서 친구의 농사를 돕고 전보다 술도 많이 마시는 것 같지만 이제 나는 개의치 않고 방학 때마다 집에 다녀온다. 아빠 친구네 농장에서 잠깐씩 아르바이트를 한 것도 생활에 도움이 됐다. 나름의 정도를 찾았다는 생각도 들었다.

그런데 유진은 내가 그 동네에 가는 것에 너무 예민했다. 왜 친하지도 않은 동네에 자꾸 가느냐고 물었다. 내가 유진이라면 할머니와 살았던 고향이 그리울 것 같았다. 좋은 친구를 얻게 해준 학교에 가보고 싶을 것 같다. 나와 만나는 동안 유진은 한 번도 그 동네에 같이 가주지 않았다. 나는 유진을 알게 되고 좋아하게 되는 만큼 서로를 알지 못했던 시절에 자꾸 가게 됐다. 그때부터 서로를 알았다면 유진의 할머니가 돌아가시던 순간에 그 옆에 있어 줄 수도 있었을 것이다. 하지만 과거를 길어 올릴수록 열심히 살고자 하는 유진의 조급함은 더 강해졌다. 그것을 보고 있는 게 힘들 때도 있었다.


헤어지기 직전에 유진을 괴롭히는 악의적인 게시물의 작성자가 다시 등장했다. 유진은 취업

준비에 몰두해 있었는데 게시물의 작성자는 유진이 주제를 모르고 대기업에 가려고 한다는 식의 글을 계속 썼다. 모든 것이 질투였다. 유진은 글을 보면서도 모르는 척 견뎠다. 그런데 내가 그걸 읽었다고 생각하면 자존심이 상해 더 이상 버티지 못할 것 같았다. 그래서 모르는 척을 하느라 댓글도 한 번 달지 못했다. 익명이라도 내 말투가 티날 것 같았다.

이렇게까지 구체적으로 유진의 일상에 관해 쓸 수 있다면 반드시 그 주변에 있는 사람일 것이다. 처음에는 거짓말에 가까웠는데 시간이 지날수록 실제 있었던 일을 나쁜 의도로 편집해 쓰는 식으로 변했다. 나는 이제야 정상적인 의심을 할 수 있었다. 다수의 사람이 유진을 싫어했다면 우리 사이가 건재하다는 걸 보여주기 위해 굳이 만든 엠티에 와서 놀 이유가 없었다. 그렇다면 범인은 특정되어야 했다. 나는 오랜 시간 아주 큰 걸 놓치고 있었다는 생각이 들었다.

게시물의 작성자는 글을 지웠지만 나는 모두 증거물로 저장해두었다. 구역질이 나는 것을 참고 다시 꼼꼼히 읽었다. 그리고 서른 개 정도 되는 게시물을 분류했다. 첫 번째는 완전히 허위 사실로 꾸며진 내용들로 주로 이성 관계가 복잡하다는 식의 매도였다. 두 번째는 추측성 글로 날짜나 이동 동선은 대략 맞았는데 유진과 상관없는 사람이 등장하거나 전혀 하지 않을 것 같은 행동을 하는 식이었다. 세 번째는 절반 정도 사실이지만 함부로 말해져서는 안 되는 내용이었다. 평생 고아였던 사람이 열등감을 극복하려고 너그러운 척을 한다거나 돈이 없어서 애인 집에 빌붙어 산다는 내용이었다. 하지만 유진은 내 자취방에 빌붙어 산 적 없다. 내가 군대에 가 있는 동안은 나 대신 그 집의 월세를 모두 혼자 낼 정도였다.

헤어지던 날에 우리가 어떤 이야기를 했는지 도저히 생각나지 않았다. 유진이 말하고 싶지 않았던 미성년 시절의 외로움이나 트라우마 같은 것이었을까. 끊임없는 질투와 공격을 대수롭지 않게 여기는 말이었을까. 아니면 그 어떤 것도 제대로 해결할 수 없는 나에 대한 원망이었을까. 내 기억에 유진은 이제 할 만큼 했다고 말하고 아주 조용히 짐을 쌌다. 나는 거기에 대고 뭐라고 말을 해야 할지 알 수 없었다. 최선을 다했는데 예상하

지 못한 일이 생겼다. 그보다 유진에게 필요했던
건 그냥 옆에 있는 것이었을지도 모른다는 생각
이 이제야 든다.

✳

유진과 처음 만났을 때를 생각하다가 잠이 들
었다. 한 주를 시작한 지 얼마 되지 않았다고 생각
했는데 어느새 금요일이 됐다. 집안은 공기도 멈
춘 듯 조용했다. 책상 위에 엎어둔 노트북을 여는
것도 조심스러운 적막이었다. 의자 다리에는 어
제 벗어둔 옷이 간신히 걸려있고 빨래는 이미 마
른 듯 건조해 보였다. 열린 화장실 문틈으로 거울
이 보였다. 이제 머리카락을 자를 때가 됐다고 생
각하면서 현관 앞에 널브러진 택배 상자와 큰 물
건들을 정리했다. 마른 빨랫감까지 모두 정리하고
설거지를 마친 뒤 침대에 다시 누웠다. 놀랍도록
차분한 기분이었다.

한동안 정기적으로 받아보던 뉴스도 안 본 지
꽤 됐다. 포털 사이트 메인에 뜬 기사라도 볼까
하는 생각으로 인터넷에 들어갔는데 충격적인 글

이 있었다. 나는 관련된 영상이라고 링크된 것을 클릭했다.

전일 발생한 불은 무사히 진화되었습니다. 수호대학교 산책로에서 방화로 의심되는 불이 났습니다.

풍경 아래로 기자의 브리핑이 자막으로 적혀 있었다. 주말에 아경과 만났던 그 벤치 앞이었다. 나는 목덜미가 서늘한 것을 느꼈다. 댓글과 관련 기사를 찾기 위해 스크롤을 내리는데 다른 곳에 서도 불이 났다는 기사가 보였다.

수호동 벤처기업이 밀집한 이 건물, 어젯밤 열 시경 화재가 발생했습니다. 발화의 근원지는 삼 층 사무실입니다. 소방 당국은 빠르게 진화 작업을 마치고 정확한 사고 경위를 확인하고 있습니다.

화면이 비추는 사무실은 유진의 회사였다. 영상에서는 양버즘나무에 붙은 잎들이 스스로 부채질을 하는 듯 불타고 있었다. 한 사람을 생각할 수밖에 없었다. 나는 심호흡을 했다.

과제를 부탁할 때도, 카페에 가자고 할 때도 아경에게는 많은 이들이 가진 그늘진 낯빛이 없었다. 불안이나 조급함 같은 것도 찾아볼 수 없고 외로워 보이지도 않았다. 그 자체로 반짝거리는 사람이었다. 사람들이 말하는 건강함이란 이런 걸까 생각했다. 나는 그 빛나는 얼굴에 대고 싫은 소리를 했다.

뉴스 화면에서 타오르는 나뭇잎을 보며 공포를 느꼈다. 완벽이라는 게 가능할까. 흠 없이 좋은 것이 과연 있을까. 아경과 함께 보낸 시간이 수십 겹의 서늘함으로 다가와 완전한 그늘을 만들었다.

치밀했구나. 나중에는 이것도 유진이 낸 불이라고 소문을 완성하려나. 끔찍한 상상을 하다가 나는 또 새로운 것을 깨달았다. 유진은 알고 있었을 것이다. 어쩌면 소문이 될 수 있는 자기 삶의 그림자를 일부러 나누었을지도 모른다. 유진은 자신의 삶에서 완벽히 도피하면서도 그것을 완전히 폭로하고 싶어 했다. 어쩌면 아경은 유진의 계획 안에 있었다. 유진은 아경을 이용해 자기를 드러냈다.

다시 뉴스 화면을 들여다봤다. 선명한 연기 사이로 소방관들의 모습이 보였다. 그 뒤로 내가 걸었던 산책로와 나무 한 그루가 보였다. 아경은 자신이 위험한 사람임을 전시하는 거였다. 이렇게 공개적이고 위험한 일을 벌일 수 있는 사람이라고 생각하지 못했다. 도대체 무엇을 위해 그랬을지도 가늠하지 못했다.

잠시 열어둔 창문을 통해 한기가 가득 찼다. 겨울은 건조해서 무엇이든 쉽게 타오를 수 있다. 양버즘나무의 껍질처럼. 창문을 닫고 유진이 하던 대로 잠시 기도했다. 어디로 가야 하는지 알지 못했다. 그러나 도저히 가만히 있을 수 없었다.

집에서 뛰쳐나와 호수를 향해 달렸다. 가슴이 터질 듯 타는 것을 느끼고 그 자리에 멈춰 섰다. 포털 사이트에 검색하기 시작했다. 양버즘나무. 껍질이 벗겨진 모습이 버짐이 핀 것처럼 보여 붙은 이름이라고 했다. 이상했다. 분명 유진을 멀리 펼쳐진 호수처럼 동경하는 선배라고 말했는데. 혹시 내가 아경의 무엇을 상하게 했을까, 두려운 마음이 들었다.

그렇다면 이제는 호수에도 불이 날 수 있을까.

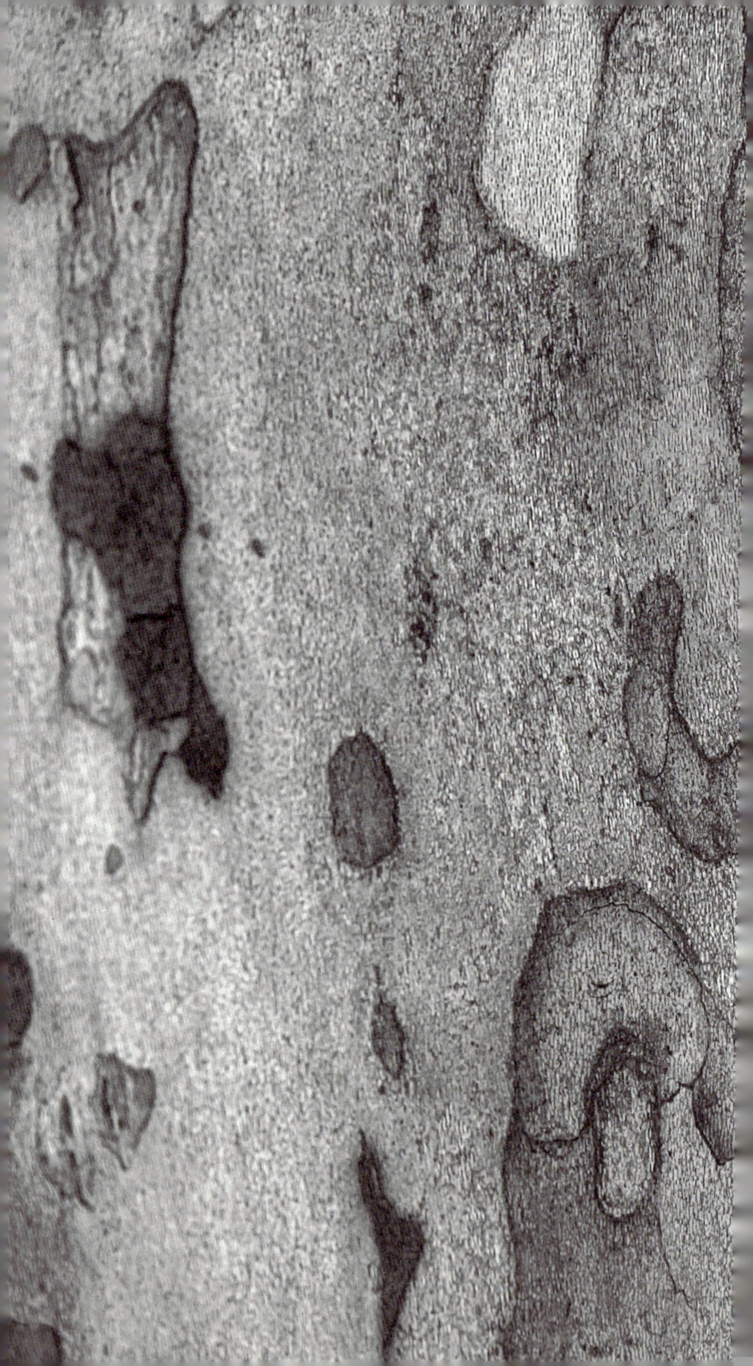

평범한 일상을 사는 동안 소설은 제가 도망칠 수 있는 자리를 마련해 주었습니다. 사람들이 만들어낸 이야기를 읽고 숨겨진 마음을 발견하는 일이 언제나 기뻤습니다.

대학에 가기 위해서는 공부해야 한다는 말에 저항하는 청소년기를 보냈지만 정작 대학에 온 뒤로 공부하는 것이 좋아졌습니다. 그리고 시간을 견디는 사람에게 무슨 말이든 전할 수 있다면 이 소설을 건네고 싶어 글을 쓰게 되었습니다.

독립적이고 당찬 유진과 사려 깊고 조심스러운 이준이 자신을 잘 헤아리기를 바라며 작업에 임했습니다. 자유롭고 씩씩한 태승과 끝내 마음을 드러내지 못한 성원도 행복한 어른이 되기를 바랍니다. 미처 주인공이 되지 못한 이들에게도 사랑을 전합니다.

마음에 있던 이야기가 한 권의 책이 될 때까지 도움을 주신 많은 분께 감사합니다. 모두의 과정에 고유한 성장이 있기를 응원하겠습니다.

Geuneul
중편선 003

## 물과 선, 양버즘나무

초판인쇄 2026년 2월 27일
초판발행 2026년 2월 27일

지은이 김시홍
발행인 채종준

**출판총괄** 박능원
**책임편집** 구현희
**디자인** 박능원
**마케팅** 문선영
**전자책** 정담자리
**국제업무** 채보라

브랜드 그늘
주소 경기도 파주시 회동길 230(문발동)
문의 ksibook1@kstudy.com

**발행처** 한국학술정보(주)
**출판신고** 2003년 9월 25일 제406-2003-000012호
인쇄 북토리

ISBN 979-11-7457-367-4 03810


그늘은 한국학술정보(주)의 소설 출판 전문브랜드입니다.
더운 여름날 그늘 밑에서 편하게 읽을 수 있는 책이라는 의미를 담았습니다.
세상에 없던 스토리를 발굴하고, 우리가 닿지 못한 세계의 그림자를 찾아봅니다.
스토리 속 일상의 즐거움을 발견할 수 있도록 이야기의 쉼터가 되겠습니다.

@geuneul_book